ANTHOLOGIE FRANCO-INDOCHINOISE

Morceaux choisis des écrivains français, accompagnés de notes historiques et biographiques.

V

L. de COINCY.

C.-E. BOUILLEVAUX.

L. DELAPORTE.

Etienne AYMONIER.

AVANT-PROPOS

Les ouvrages dont nous donnons quelques extraits dans le présent fascicule, sont de plusieurs façons en dehors de notre cadre habituel. Ils comprennent des études techniques faites pour les économistes ou les orientalistes, et ont gardé de cette destination non seulement le caractère général d'ouvrages de cette nature, mais une empreinte toute locale, et même en maint endroit personnelle qui en fait, à vrai dire, des livres d'érudition plutôt que des ouvrages destinés au grand public. Nous en extrayons cependant quelques passages, parce qu'ils offrent bien des choses intéressantes pour tout le monde et qu'ils sortent complètement du moule ordinaire de cette sorte d'ouvrages. Nous n'avons pas affaire ici à ces recueils de banalités, puisées dans des ouvrages de seconde main et passées au crible de la plus insipide critique qu'on est habitué à rencontrer sous ces titres : Notes sur l'Annam, Quelques mots sur la Cochinchine, Quelques aperçus sur le Cambodge ; chose étrange et rare, nos auteurs travaillent de première main, et quand ils parlent de l'Annam ou du Cambodge, c'est après les avoir parcourus en tous sens. Ce qui vaut mieux encore, ils les étudient avec cette intelligence qui, appliquée aux vestiges d'art et d'archéologie, n'est jamais complète que si elle est sympathique. Les Coincy et les Bouillevaux, les Delaporte et les Aymonier, ont pour l'Indochine une passion qui, en bien des points, s'il nous est permis de le dire, sent parfois l'homme habitué à réagir contre un milieu peu favorable à ses idées. De là dans leurs ouvrages, çà et là, une certaine insistance quelquefois inutile, une ardeur dont on peut sourire à défendre des vérités trop incontestables. Mais ces quelques défauts sont largement compensés par les qualités de chaleur, de conviction, de finesse et de compréhension qui éclatent dans presque toutes les pages. On ne rencontre pas souvent à notre époque cet amour vif et délicat des choses de l'esprit et des vestiges archéologiques, cette sensibilité à la beauté des littératures indochinoises, cette étude attentive et heureuse des plus petites particularités d'un genre ou d'un art. On s'est plaint souvent de cette diminution du goût dans ce qu'il a de charmant et d'élevé, et on a regretté parfois jusqu'aux minuties de cette ancienne étude littéraire et artistique qui avait en effet du bon, et que certains critiques rappellent plus d'une fois, tout en la combattant. Ainsi comprise, ainsi pratiquée, l'étude littéraire et archéologique de l'Indochine n'a rien que de bon et d'utile ; elle a sa place marquée dans l'activité intellectuelle d'un pays ; elle sert puissamment et répand dans des couches diverses la haute culture de l'esprit. Elle a droit d'exister à côté de la science ; elle ne lui est ni hostile ni odieuse. Ce que nous avons toujours combattu, c'est l'étude littéraire et artistique qui dédaigne la science là où elle ne saurait se passer de son concours, qui se figure avoir fait une belle chose quand elle a répété sous une forme un peu variée des lieux communs déjà cent fois servis, qui a une orthodoxie, des saints et des réprouvés, et qui, incapable de rien découvrir et d'utiliser les découvertes des autres, méprise les faits sans avoir d'idées.

La plaine des Tombeaux de Saigon.

Une grande route de 8 mètres de large conduit de Saigon jusqu'à Tây-ninh, le poste extrême du Nord-Ouest, à trente lieues de Saigon.

C'est une route étrange que celle-là; et le voyageur qui monte à cheval un matin pour arriver le lendemain soir à Tây-ninh voit se dérouler sous ses yeux pendant le trajet les paysages les plus divers, depuis la nécropole de la plaine des Tombeaux jusqu'aux forêts vierges de la Cochinchine septentrionale. J'ai nommé la plaine des Tombeaux; il suffit d'avoir passé un jour à Saigon pour en avoir entendu parler. Il y a en effet quelque chose de bien saisissant, après avoir admiré la végétation luxuriante des bords de l'arroyo chinois, à se trouver tout d'un coup au milieu d'une innombrable multitude d'anciens tombeaux en pierre ou en terre, vaste cimetière des jours passés, où sont venus échouer les ambitions des mandarins annamites, les joies des riches, les malheurs et la misère des laboureurs, comme en France, à Paris, les grands, les riches et les pauvres viennent confondre leur poussière, au dernier asile, au cimetière commun. Cette nécropole est peut-être la seule de la Cochinchine; partout ailleurs les Annamites enterrent leurs morts au hasard du moment, dans un champ, dans un bois, au milieu de la plaine ou sur la colline; ce n'est pas chez eux indifférence, mais amour de la nature et de la liberté (1).

---

(1) Trouver l'emplacement favorable pour un tombeau est une grave affaire. Il faut déterminer le phong-thủy « vent et eau », le point où la terre doit être ouverte, le moment et l'ordre des sacrifices, le jour et l'heure de l'inhumation, la position du cadavre généralement déposé la tête au Nord. Tout doit être calculé d'après l'orientation, la configuration du cimetière, les huit caractères de l'année, du mois, du jour, de l'heure de la naissance du décédé. Les géomanciens sont chargés de ces soins. Mais quelquefois on n'a pas besoin de la science des docteurs en phong-thủy (thầy địa-lý). Une indication fortuite décide de tout. A l'époque de la dynastie des Tấn, Đào-Khan venait de voir mourir sa mère et les géomanciens ne pouvaient trouver une place favorable à l'inhumation. Il se désolait et, pour comble de malheur, il perdit un de ses buffles. « L'endroit où dort le buffle, lui dit un vieillard, est un bon endroit. Si vous y enterrez là votre mère, vous arriverez aux plus grands honneurs. » Đào-Khan suivit cet avis et dans la suite, il devint đề-đốc de huit châu (A. Landes, *Pruniers refleuris*, dans *Excursions et Reconnaissances*, t. VIII, p 98). Ailleurs des tigres enterrent deux hommes, présage de grande prospérité pour leurs familles. Certains personnages sont cependant incrédules à l'endroit du tombeau et de son influence. Tel fut Wen-ti, premier empereur de la dynastie des Souei (589 de l'ère chrétienne). Une bataille gagnée lui donna le trône, mais son frère y fut

Le culte des morts est, au contraire, chez eux presque le seul culte. Le renouvellement de l'année se célèbre pendant quatre jours par la fête des Ancêtres, prétexte ou occasion de festins considérables. Après avoir soigneusement nettoyé les ronces et les herbes qui ont envahi les tombeaux, ils déposent sur le sommet de chacun une feuille de papier argenté ou doré, spécialement fabriqué dans ce but et qu'une pierre empêche d'être emportée par le vent....

La plaine des Tombeaux de Saigon n'est pas aussi vaste que celle du Caire, mais son aspect est aussi désolé; elle occupe à la porte de Saigon une large étendue à droite et à gauche de la route de Tây-ninh.

L. de Coincy, *Quelques mots sur la Cochinchine en 1866* (1), p. 16-17. (Paris, Challamel, 1866.)

---

tué. «Si les tombeaux de mes ancêtres ne sont pas dans une situation géomantique heureuse, comment ai-je pu remporter la victoire? dit-il aux devins. Et si leur situation est favorable, pourquoi mon frère a-t-il péri?» Il est difficile de sortir de ce dilemne. Néanmoins les professeurs de phong-thủy ont trouvé dans la logique chinoise des ressources pour expliquer comment la place d'un tombeau ou d'une habitation peut à la fois être cause des malheurs d'un membre de la famille et du bonheur de ses parents. (Boüinais et Paulus, *Le Culte des morts*, p. 92-94.)

(1) L'ouvrage a paru dans les *Annales des voyages*, 1866, III, p. 5-36, sous le titre: *Un coup d'œil géographique et topographique sur la Cochinchine française en 1866*. Comme on peut s'en rendre compte par les extraits que nous en reproduisons ici, L. de Coincy y donne quelques détails sur la Cochinchine de 1866; il montre dans une vue rapide, dans une sorte de résumé, ses ressources et ses richesses, l'organisation administrative et ses résultats; il essaie d'indiquer les améliorations que l'on pourrait souhaiter, vers quels points doivent se porter les efforts communs des gouvernants et des gouvernés; bref, il donne simplement un aperçu de la Cochinchine, mais un aperçu d'où la banalité est exclue. Point de descriptions lyriques, point de récits d'aventures plus ou moins pittoresques; mais, avec une uniformité parfois monotone, des indications précises sur la configuration et le caractère particulier du pays. Un semblable travail résiste à l'analyse, et il faudrait avoir étudié soi-même la région pour s'en permettre la critique Assurément l'auteur n'ignorait pas et il montre lui-même fort nettement que la nature et l'histoire des provinces de l'Est et de l'Ouest ne sont pas les mêmes; que les conditions géographiques et les vicissitudes politiques diffèrent ici et là; que l'organisation administrative et l'occupation militaire sont loin d'être analogues en Cochinchine occidentale et en Cochinchine orientale. Il n'en est pas moins vrai que les deux sujets se répondent pour ainsi parler; et il paraît fort naturel que l'auteur ait voulu tenter pour la Cochinchine de 1866 ce que L. de Grammont a exécuté pour la Cochinchine de 1862-1863 (cf. le fascicule IV de notre *Anthologie*).

Le bétel.

C'est entre Tong-kéou et Rach-tra que se trouvent les beaux champs de bétel de Ba-dinh, bien connus des amateurs annamites. On croirait voir de loin des retranchements, des palissades destinées à défendre la route. Ailleurs on cultive avec soin le bétel; mais ici, c'est pour ainsi dire avec amour qu'on le soigne, qu'on satisfait à ses goûts. Comme le bétel se plaît dans les lieux ombragés, on lui fait un abri factice avec des branchages qui ne laissent pénétrer les rayons du soleil qu'à travers un tamis de verdure. Des échalas sont plantés en terre à une certaine distance les uns des autres et soutiennent chacun un pied de bétel dont la tige s'enroule autour pour venir se perdre dans la toiture artificielle; quand les feuilles ont acquis leur entier développement, on les cueille pour les porter au marché dont elles forment un article important.

Pour mâcher le bétel (1), on prend une de ces feuilles qui sont ovales, un peu pointues, et grandes à peu près comme la paume de la main; au moyen d'une petite spatule en bois, on y étend une mince couche de chaux vive, blanche pour le vulgaire, rose pour les élégants, et, après avoir roulé la feuille, on la met dans la bouche avec le quart d'une noix d'arec, qui sert comme corps résistant à faire durer la mastication plus longtemps. La trituration de ces substances réunies procure une salivation abondante qui est colorée en rouge par l'action de la chaux sur la noix. A ce propos, nous demanderons la permission de rectifier une erreur dans laquelle sont tombés quelques voyageurs qui ont attribué à l'usage du bétel la couleur noire que présentent les dents des Annamites, des Indiens, des Malais. Comme l'a fort bien fait remarquer M. L. Pallu dans son livre si exact sur l'expédition de Cochinchine (2), cette couleur noire est due à une laque très solide dont ces peuples ornent leurs dents par une coquetterie bizarre pour nos yeux européens. En Cochinchine, les gens du peuple, dont le palais blasé ne sent même plus l'âpreté du bétel, en relèvent quelquefois la saveur au moyen d'un peu de tabac qu'ils mâchent en même temps. L'habitude du bétel est profondément enracinée chez l'Annamite de tout

---

(1) Sur l'origine du bétel, de l'arec et de la chaux, cf. Edm. Nordemann. *Quảng tập viêm văn, Chrestomatie annamite*, p. 17.

(2) Cf. le fascicule IV de notre *Anthologie.*

âge, de toute condition. Les vieillards qui n'ont plus de dents assez solides pour mâcher la noix d'arec, la pilent avec la chaux dans un petit mortier de cuivre spécialement affecté à cet usage. Quand un ami ou un hôte arrive dans une case, le bétel est la première chose qu'on lui offre ; quand l'hôte est un Européen et que le maître de la maison est un homme bien élevé, d'une certaine naissance, il fait apporter, au lieu de bétel, un petit vase plein de longues et minces cigarettes ; il en prend une, l'allume obligeamment lui-même, et l'offre à l'étranger. Tout fumeur comprendra de suite le résultat de cette provenance, mais pour les personnes qui ne fument pas, nous sommes bien forcé d'entrer dans les petits détails, et de dire que la salivation rouge dont nous avons parlé tout à l'heure laisse forcément des traces sur cette cigarette si gracieusement offerte ; il faut songer qu'on ne peut la refuser sans une grave impolitesse. Certainement, dans ce cas, c'est l'étranger qui s'acquitte des devoirs de l'hospitalité.

L. de Coincy, *Quelques mots sur la Cochinchine*, p. 20-21.

De Trang-bang à Tây-ninh.

Il y a un peu moins loin de Trang-bang à Tây-ninh que de Saigon à Trang-bang. Il ne nous reste que 50 kilomètres à faire pour y arriver.

Si l'on est déjà fatigué par une première journée de marche, on oublie vite la fatigue passée et la fatigue présente, quand on se trouve en présence de ces magnifiques paysages, de ces arbres séculaires, entourés de rejetons déjà plus grands que nos plus beaux arbres d'Europe, et enlacés dans mille sens d'un inextricable réseau de lianes, de ronces, de rotins sur la lisière de ces prairies toujours vertes qui recèlent dans leurs retraites inexplorées une multitude d'animaux inconnus de toutes les familles de la création.

A toute heure de la journée, mais surtout le matin et le soir, on éprouve à la vue de ce spectacle d'une nature vierge et luxuriante, prodigue de ses forces et de ses richesses, je ne sais quelle émotion attachante, pleine d'un trouble secret pour celui qui s'y livre pour la première fois, mais qui se transforme peu à peu en un charme délicieux, puis en un bonheur austère et un désir inexprimable de vivre pour toujours au milieu de pareilles beautés. Ici, sous un dôme impénétrable de verdure, aux rayons du soleil levant, s'éveillent les mille bruits du matin, les chants d'oiseaux inconnus. La lumière se joue gaiement sur les gouttelettes de rosée. Les fleurs s'ouvrent pour respirer la fraîcheur. Là, le regard étonné cherche en vain les bornes des prairies qu'il voit fuir au milieu des brumes que soulève la température plus chaude. Un vent léger fait onduler la cime des herbes, et c'est alors le seul bruit qui effleure l'oreille ; ou bien, entre deux masses de verdure qui servent d'encadrement à ce magnifique tableau, quelque capricieux ruisseau serpente sans bruit, à demi enseveli sous un berceau de fougères, de clématites, de lianes folles. Enfin, plus tard, quand le soleil près de s'éteindre vers l'Occident, vers la patrie absente, ne signale plus sa présence que par quelques rayons égarés au milieu des ombres naissantes, alors on entend les oiseaux gazouiller leurs dernières chansons, pendant que du sein de la forêt s'élèvent des rumeurs bizarres, des notes plaintives, de sourds grondements, réveil d'une autre vie pleine de mystère et de terreur.

Quelquefois à un détour de la route, au pied de quelque géant des forêts, on aperçoit des restes de feu allumé par un voyageur fatigué. Où a-t-il été ? nul ne le sait. Lorsqu'on suit ces routes, on regarde devant soi, jamais derrière. Une seule chose rappelle ici à tout instant la main de l'homme, et prouve que l'on n'est pas perdu dans une immense solitude. Le fil de fer du télégraphe court d'arbre en arbre, reliant le fort à la capitale, au milieu des plaines et des forêts. En songeant qu'au moment où on le regarde, une pensée humaine voyage peut-être à travers ce fil, on se prend à le considérer presque comme un ami, au milieu de cette nature où tout est étranger à l'homme.

L. de Coincy, *Quelques mots sur la Cochinchine*, p. 25-26.

Les sampans annamites.

On trouve amarrés au quai de Saigon des bateaux de toute taille qui, à la marche, se comportent parfaitement. Les bateliers et les batelières sont eux-mêmes fort adroits. Ils manient l'aviron debout avec une grâce et une adresse incomparables. Les bateaux ordinaires (*ghe* en annamite, en langue franco-annamite *sampan*, corruption d'un mot chinois) (1) sont longs de 25 à 30 pieds sur une largeur de près de 4 pieds. Le milieu est couvert d'une sorte de petite cabane en paillote, de forme arrondie. Il faut s'y tenir assis ou couché. Une batelière est le plus souvent à l'avant, pesant avec vigueur sur l'aviron retenu par un lien à un piquet de bois fixé au côté droit du bateau. Sur l'arrière, un peu relevé et muni d'une petite plate-forme, un homme manie avec adresse un long aviron, fixé sur la gauche du bateau par le même moyen qu'à l'avant, et qui lui sert aussi le plus souvent de gouvernail. Un pied sur la plate-forme, l'autre sans cesse en mouvement et posant à peine à chaque temps de nage sur le plat-bord étroit du bateau, l'Annamite dirige sa course avec une aisance prodigieuse à travers les obstacles naturels et les barques qui se croisent en tous sens. Le véritable triomphe de cette habileté se déploie dans la conduite des légères et étroites embarcations qui servent aux Annamites à voisiner dans les arroyos. Alors le batelier est seul, à l'arrière. S'il y a une charge un peu lourde, les bords de la barque rasent l'eau et de loin on croit voir glisser lui-même sans efforts à la surface de la rivière. Il faut certes, pour en arriver là, un véritable miracle d'équilibre. Dès leur enfance, du reste, les Annamites s'exercent à la manœuvre de l'aviron, et cet exercice est pour eux sans fatigue. J'ai vu des rameurs nager pendant quarante-huit heures de suite sans dormir, et sans manger autre chose que quelques poignées de riz.

Nous choisirons donc un de ces sampans et nous y mettrons avec précaution quelques provisions de bouche;

---

(1) Une première mention du mot *sampan* date du VIIIe siècle. Ts'ien K'i (Tiền Khởi), de l'époque des T'ang (Đường) écrit dans un de ses poèmes :

Nhất loan tà chiếu thủy !
Tam bản thuận phong thuyền !
Vị cảm tương yêu ước.
Lao sinh chỉ tự liên.

« Soleil oblique sur l'eau de la baie !
Vent propice au bateau *sampan* !
Je n'ose plus inviter personne à se joindre à moi.
Vie pénible ! Il ne me reste qu'à m'apitoyer sur moi-même ! » (L. Aurousseau, *Le mot* sampan *est-il chinois?* dans le *Bulletin de l'Ecole Française d'Extrême-Orient*, t. XXII, p. 139).

non pas certes que l'hospitalité soit moins affable dans les cercles qui nous restent à visiter; mais l'arroyo est si capricieux, le mouvement du flux et du reflux si irrégulier dans ces rivières qui ont deux sources et deux embouchures, que l'on met souvent dix ou douze heures pour accomplir un trajet qui n'en exige d'autres fois que quatre ou cinq.

L. de Coincy, *Quelques mots sur la Cochinchine*, p. 41-42.

L'arroyo de la Poste.

Pour aller de Tân-an ou plutôt de Binh-lap à Mỹ-tho, nous n'avons plus qu'à suivre dans toute sa longueur l'arroyo de la Poste, ce charmant canal si frais, si gai à parcourir. Cet arroyo, comme tous ceux du même genre, a été, non pas entièrement creusé de main d'homme, mais seulement canalisé. Commencé depuis plus d'un siècle, l'arroyo de la Poste n'a guère été terminé qu'il y a quarante ans, formant ainsi la dernière portion de cette belle voie commerciale qui relie Saigon à Mỹ-tho, par l'arroyo chinois, le Ben-Luc et le Rach-Bobo.

L'aspect de cet arroyo est peut-être plus agréable encore que celui de l'arroyo chinois; la végétation y est plus luxuriante, la richesse du sol et des habitants plus apparente. On passerait des heures entières le matin ou le soir à contempler les ravissants détails de ce cours d'eau, les feuillages si gracieux de l'aréquier, du palmier, du bananier, qui se pressent sur ses bords, les jeux de la lumière qui, sous les arcades de verdure, glisse et va se réfléchir sur quelque objet brillant.

Si l'on voyage la nuit, c'est alors une véritable illumination, féerie resplendissante de mille brillants éclairs; une innombrable quantité de lucioles couvrent les arbrisseaux des deux rives, et comme par un accord secret projettent ensemble leurs feux scintillants; on ne peut se faire d'avance une idée d'un pareil spectacle embelli encore par le calme ordinaire des nuits tropicales.

L'arroyo de la Poste vient se jeter dans le bras Nord de Mỹ-tho, laissant sur la rive droite la ville de ce nom. Précisément en face, dans le grand fleuve, se trouve l'île Culao-Rong qui cache l'entrée de l'arroyo derrière un rideau de verdure.

L. de Coincy, *Quelques mots sur la Cochinchine*, p. 46-47.

Phnom Penh.

Après avoir remonté le canal, nous rentrâmes dans le fleuve et bientôt nous abordâmes à la ville que les Cochinchinois appellent Nam-vang et les Cambodgiens Phnom Penh. Cette ville, autrefois la résidence du roi du Cambodge, est située au confluent du Mékhong et de la rivière venant du grand lac. Elle fait un commerce assez considérable. Sa population, composée en grande partie de Chinois et d'Annamites, augmente tous les jours. On lui a donné le nom de Phnom Penh « Montagne d'abondance » (1), sans doute à cause d'un monticule, élevé,

---

(1) Phnom Penh signifie plutôt « colline de la dame Penh ». Voici comment M. G. Cœdès a résumé les traditions cambodgiennes relatives à la fondation de Phnom Penh au XVe siècle : « Lorsque, vers le milieu du XVe siècle, le roi khmèr Ponhea Yât abandonna définitivement Angkor pour chercher loin des grands lacs une résidence où il fut à l'abri des incursions siamoises, il alla d'abord s'établir dans la province de Srei Santhor, et fit construire son palais à Bàsân. Mais durant la saison des pluies qui suivit son installation en ce lieu, les eaux inondèrent la nouvelle capitale : le roi résolut aussitôt de quitter cet endroit mal choisi et de transporter le siège de la royauté aux Quatre-Bras. La plupart des chroniques placent cet événement entre 1400 et 1450, mais elles se bornent à enregistrer le fait assez sèchement, et ne donnent aucun détail sur la fondation de cette résidence, où les rois devaient séjourner à diverses reprises avant qu'ils ne s'y établissent définitivement dans le courant du XIXe siècle. Cependant, les traditions relatives à l'origine de Phnom Penh ne manquent pas. Je les ai trouvées réunies et résumées dans une recension récente, mais fort développée, de la chronique officielle. . . . « Une dame riche, nommée Penh, avait fait construire sa maison non loin de la rive du fleuve, sur un tertre flanqué à l'Est d'une butte conique. Un jour que le fleuve grossi par les pluies avait débordé, Don Penh descendit sur la berge et vit un grand arbre qui s'en était venu à la dérive et qui, saisi par les remous, tourbillonnait à quelque distance de la terre ferme. Aussitôt elle invita ses voisins à monter dans leurs pirogues pour aller saisir cet arbre. Après avoir passé des cordes autour du tronc, ils le halèrent sur la berge. Pendant qu'elle le débarrassait de la boue qui le couvrait, Don Penh découvrit dans un creux de l'arbre quatre statues du Bouddha en bronze et une statue de pierre : celle-ci représentait une divinité debout, tenant dans une main un bâton, dans l'autre une conque, et portant les cheveux relevés et noués en chignon, à la manière des Annamites. Don Penh et tous les gens d'alentour se réjouirent grandement de cette trouvaille : ils ramenèrent les idoles en grande pompe jusqu'à la maison de Don Penh, qui construisit un abri provisoire. Puis elle pria tous les habitants de venir l'aider à exhausser la butte qui se trouvait devant sa demeure, et à en faire une véritable petite colline, un *Phnom*. Elle fit ensuite scier l'arbre, dont le bois devait servir à construire la charpente d'un sanctuaire. En 1372, Don Penh, de concert avec ses voisins, édifia ce sanctuaire sur le Phnom et en recouvrit la toiture de l'herbe appelée *sbov phleang* (*drosera rotundifolia*) ; elle y plaça les quatre images du Bouddha. Comme cette statue était venue du Laos au fil de l'eau, on l'appela Neak Tà Prah Chau, « le génie du Prah Chau ». Quand ces divers travaux furent achevés, on invita les bonzes à venir s'établir au pied du Phnom, à l'Ouest, d'où le nom de Vat Phnom Don Penh donné à ce couvent. Les quatre idoles de Bouddha et le génie manifestèrent une grande puissance et exaucèrent tous les vœux. »

dit-on, de main d'homme, qui est très près de là. Je suis allé visiter une ancienne pagode en ruine, située au sommet de la colline. Sur le fronton est représenté un Bouddha accroupi, ayant encore des traces de dorures. Derrière la pagode se trouve une belle pyramide à base triangulaire qui prend bientôt la forme d'un cône et se termine en dôme effilé. Du pied de cette pyramide qui s'élève à une assez grande hauteur, on voit se dérouler la plaine immense qui forme la Basse-Cochinchine et la plus grande partie du Cambodge. Ce n'est que du côté du Golfe de Siam, dans la direction de l'Ouest, que l'on aperçoit de grandes montagnes bleues se dresser à l'horizon. Autour de la petite colline sont les sépultures des Chinois et des Cochinchinois ; c'est là aussi que les Cambodgiens brûlent leurs morts.

C.-E. Bouillevaux (1), *L'Annam et le Cambodge*, p. 79-80. (Paris, Victor Palmé, 1874.)

Angkor.

Pour apprécier la richesse et la civilisation de l'ancien royaume du Cambodge, il faut aller à Angkor, de l'autre côté du grand lac, à peu près à deux journées de Battambang. C'est là seulement qu'on peut avoir une

---

(1) C.-E. Bouillevaux, 1858-1874, missionnaire apostolique en Indochine, auteur de : *Voyage dans l'Indo-chine, 1848-1856*, Paris, V. Palmé, 1858, in-12, pp. 376 ; *L'Annam et le Cambodge, voyages et notices historiques*, Paris, V. Palmé, 1874, in-8°, pp. 544. « J'ai publié en 1858, écrit le P. Bouillevaux au début de cette dernière édition, un petit ouvrage intitulé : *Voyage dans l'Indochine* ; l'édition en est épuisée depuis longtemps. J'ai fourni au journal officiel, le *Courrier de Saigon*, en 1871, 1872, 1873, 1874, une série de feuilletons, résumé de l'histoire d'Annam, jusqu'ici à peu près complètement inconnue ». A vrai dire, l'ouvrage n'a rien de didactique et de dogmatique. Le P. Bouillevaux propose moins une explication qu'il ne donne une exposition des traditions légendaires ou des événements historiques. Non qu'il se soit privé de nous faire connaître son impression personnelle, mais il n'intervient qu'avec réserve et, sinon avec timidité, du moins avec discrétion. Il semble qu'il ait son système, mais nous l'entrevoyons à peine. Plutôt que de le développer à fond, il a pensé que, dans une matière aussi incertaine, il fallait d'abord nous faire connaître les documents, quitte à renoncer parfois à les interpréter et à ne pas craindre d'accepter, dans bien des cas, une explication provisoire, pour peu qu'elle fût à peu près recevable. Son récit de voyages contient des souvenirs, des scènes prises sur le vif, des observations ethnographiques. Et il est précieux à ce point de vue aussi.

idée exacte de ce qu'a été autrefois le maha nocor khmer (1)...

Après une course fort pénible, j'arrivai tout à coup, au sortir de la forêt, près d'une belle chaussée pavée de larges dalles, dont l'entrée était gardée par des lions sculptés d'une façon un peu fantaisiste. Cette chaussée traverse d'immenses fossés transformés en marécages, où mangeait et se baignait un troupeau de buffles; de chaque côté de l'avenue, je vis de petits kiosques en partie détruits; leurs ruines en révélaient encore l'ancienne élégance. Je traversai ensuite une première galerie dont trois tours à demi écroulées interrompent la longue ligne architecturale. Puis vient une seconde galerie intérieure. Ces deux cloîtres immenses, rectangulaires et concentriques, enveloppent la pagode proprement dite: ils sont assez étroits et couverts de bas-reliefs de la plus fine sculpture. Quand je passai là, c'était un dépôt de toutes les divinités bouddhiques et brahmaniques en plus ou moins bon état. C'est aussi le repaire d'une multitude de chauves-souris, qui n'y laissaient pas un parfum fort agréable. Au centre de ces galeries, et beaucoup plus élevée qu'elles, se dresse la forteresse de pierres, comme on l'appelle dans certains manuscrits, c'est Angkor Vat (2). A chaque angle de ce gigantesque et splendide édifice s'élève une belle tour ayant la forme d'une tiare immense. Au milieu se dresse une tour de même forme, mais plus haute que les autres: elle a 56 mètres au-dessus du niveau de la chaussée. De grandes galeries dont les murs sont décorés de sculptures, réunissent toutes ces tours. On monte à la pagode par quatre escaliers monumentaux. Cet édifice est bâti presque entièrement en pierres de grès, admirablement fouillées par les artistes khmèrs. Il faut dire cependant que ces habiles ouvriers n'entendaient rien à sculpter la figure humaine: leurs personnages sont presque toujours grotesques...

---

(1) Mahâ Nokor khmèr: « le grand empire khmèr ». *Khmèr* est le mot de la langue indigène par lequel les Cambodgiens se désignent eux-mêmes, tandis que *Cambodge* vient de *Kambuja* « fils de Kambu ».

(2) Le temple d'Angkor Vat est entouré d'une enceinte rectangulaire, presque carrée, que défend un large fossé rempli d'eau. Le fossé est profond, ses bords sont soutenus par un mur de limonite (pierre de Biên-hòa) que surmonte une margelle de grès. Large de 200 mètres, il mesure cinq kilomètres et demi, et il est sans cesse alimenté d'eau. Les arbres pressés qui l'entourent, ses eaux, parsemées de nénuphars et de lotus, où se reflètent les portiques de l'enceinte, font un cadre magnifique au monument. (H. Gourdon, *Guide aux ruines d'Angkor*, p. 32.)

On ne voit point à Angkor Vat de grande salle pouvant recevoir un grand nombre d'auditeurs. Ce monument, comme nous venons de le voir, est un ensemble de tours, de galeries et de cours qui les séparent. On dit que la pagode d'Angkor, le chef-d'œuvre des Khmèrs, et même le chef-d'œuvre de toute la péninsule indochinoise, a été construite par le Roi lépreux pour recevoir les livres sacrés apportés de Ceylan.

Quand j'eus visité la pagode, je me dirigeai vers l'ancienne ville, autrefois séjour des rois. Bientôt je franchis des remparts de près de trois mètres d'épaisseur, encore en bon état; je pénétrai dans l'enceinte, en passant sous une porte monumentale et assez bien conservée. De grandes avenues, actuellement obstruées par la végétation tropicale, conduisaient aux antiques monuments d'Angkor Thom (Angkor la grande) (1). L'une de ces chaussées était gardée par cinquante géants de pierre, sentinelles grimaçantes, maintenant disloquées, reliées entre elles par les replis d'un serpent monstrueux.

A environ une demi-lieue du mur d'enceinte, je trouvai des ruines immenses qu'on me dit être celles du palais royal. Le genre d'architecture parait ressembler à celui de la pagode; sur les murs entièrement sculptés, je vis des combats d'éléphants, des hommes luttant avec la massue et la lance, d'autres tirant de l'arc et trois flèches en partant à la fois. Ces ruines ne sont pas les seules; en dedans et même en dehors de l'enceinte, dans un certain rayon autour de la vieille ville, on en rencontre beaucoup. Une singulière fantaisie architecturale des artistes khmèrs, et qui rappelle un peu le goût égyptien, c'est que des figures humaines, d'immenses têtes de Bouddha placides et bêtes, constituent certains détails d'architecture et forment des tours elles-mêmes. Tout ce que j'ai remarqué à Angkor me prouve, jusqu'à l'évidence, que le Cambodge a été autrefois riche, civilisé et beaucoup plus peuplé qu'il ne l'est actuellement; mais toutes ces richesses ont disparu, cette civilisation est étein-

---

(1) Angkor Vat est un temple. Angkor Thom est une ville, la ville royale, où ont séjourné les rois khmèrs du IXe au XIVe siècle. Elle s'élève à 500 mètres à l'Ouest de la rivière de Siemreap, à un kilomètre et demi au Nord d'Angkor Vat. Sa construction a été achevée vers l'an 900 de l'ère chrétienne, sous le règne du roi Yaçovarman. (H. Gourdon, *ibid.*, p. 49).

te (1). Aujourd'hui, une épaisse forêt remplit l'enceinte de l'ancienne capitale et des arbres gigantesques croissent au milieu des palais en ruine.

C.-E. BOUILLEVAUX, *L'Annam et le Cambodge*, p. 130-134.

Dans la forêt cambodgienne.

Vers le milieu de mon voyage, je campai une nuit sous de grands arbres plantés autour d'une pagode. Les bonzes faisaient leur office. Leur chant ressemblait beaucoup à notre psalmodie ; il y avait plusieurs chœurs ; la voix mélodieuse des petits enfants élevés dans ce temple se fait entendre de temps en temps : je fus frappé de ces chants... .

Le campement d'une caravane au milieu d'une forêt du Cambodge offre toujours un singulier aspect. Ces bœufs, qui broutent l'herbe desséchée de la prairie, ces buffles, qui vont se vautrer dans la fange, ces éléphants, qui, les pieds resserrés dans ces entraves, avancent lentement et saisissent avec leur trompe des feuilles de bambou : ce pêle-mêle de charrettes, de cages d'éléphant, de chariots à buffles, tout cela présente un coup d'œil bizarre. Assis sur une natte, je déguste quelques tasses d'un thé brûlant ; à dix pas de moi, un petit mandarin mahométan, de race malaise, ou plutôt cham d'origine, fume gravement sa pipe ; plus loin, deux ou trois bonzes préparent leur riz du soir.

C.-E. BOUILLEVAUX, *L'Annam et le Cambodge*, p. 140-141.
(*Voyage dans l'Indochine*, p. 253-255).

---

(1) « Les constructeurs des temples d'Angkor sont vraisemblablement les descendants d'immigrés venus, à une époque mal connue, mais assez ancienne, des régions de l'Inde du Nord et qui couvrirent la péninsule indochinoise. Vers le début de l'ère chrétienne, il se produisit un nouveau courant d'immigration qui fonda le Founan, vaste empire à la fois çivaïte et bouddhique qui occupait toute la superficie du Cambodge actuel et une partie de la Cochinchine, du Siam, du Laos et de la péninsule malaise. A l'Est, le long de la côte d'Annam, s'étendait à cette époque le puissant royaume de Champa qui rivalisa un moment avec l'empire khmèr et qui a laissé toute une série de monuments importants dont l'architecture ne ressemble que par de très lointaines analogies à l'architecture d'Angkor... A la fin du IVe siècle de l'ère chrétienne, un brahmane venant directement de l'Inde impose sa dynastie royale au Founan. A cette époque le Cambodge n'était encore qu'un petit état vassal du Founan, mais il devait bientôt s'en séparer et s'en affranchir en même temps qu'il prenait sa place dans l'histoire ». (H. Marchal, *Guide archéologique aux temples d'Angkor*, p. 1-2).

Séjour à Kampot.

Durant mon séjour à Kampot, je fis quelques courses pour rompre la monotonie de ma vie. Tantôt, remontant la rivière, je me dirigeais vers les plantations de manguiers, de cocotiers et d'aréquiers; tantôt je descendais jusqu'à la mer et me promenais à marée basse sur un banc de sable. De l'autre côté de la rade de Kampot, se trouve l'île de Catroll ou Phú-quôc. On dit que vers le milieu du XVIIIe siècle, il s'y trouvait une chapelle et une petite chrétienté. Entre l'île de Catroll ou Phú-quốc et le continent, la vue s'étend sur la pleine mer: on voit mourir dans le lointain les vagues blanchissantes du golfe de Siam; vers l'Ouest les montagnes de cette île bornent l'horizon. La marée qui montait rapidement, venait interrompre ma promenade et mettre fin à mes rêves... Je descendais alors dans ma nacelle et rentrais chez moi. J'allais aussi parfois faire un petit tour à pied vers les rizières. Un jour, je liai conversation avec un bon Cambodgien, fabricant de sucre de palmier. Il me demanda si c'était un péché de manger des œufs. « Seigneur, me dit-il, ma conscience n'est pas tranquille. Je viens d'entendre deux bonzes très savants discuter cette grave question. L'un prétendait que l'on pouvait manger des œufs, et l'autre plus scrupuleux observateur de la loi, soutenait le contraire, à cause du germe qui se trouve dans l'œuf et qui a vraiment un principe de vie. Seigneur prêtre européen, quel est votre avis?... »

C.-E. Bouillevaux, *L'Annam et le Cambodge*, p. 144.

Une maison au Cambodge.

(Extrait d'une lettre adressée par l'auteur à ses amis de France, en mai 1852).

. . . Parlons d'abord de mon palais: c'était un petit chalet bâti en bambous et en feuilles; il n'entre pas un atome de fer dans sa construction; ici, le rotin tient la place du clou. On croira sans doute qu'avec de pareils matériaux, il n'est pas possible de faire quelque chose de superbe: cependant, je trouve ma petite maison encore assez élégante. Les fourmis blanches ont malheureusement dévoré les bambous enfoncés en terre; aussi je crains qu'un coup de vent n'enlève ma maisonnette et moi avec. Mon hôtel est environné d'un petit jardin planté de grenadiers, d'orangers, de citronniers, d'anones, de papayers, de cocotiers, de manguiers et d'ananas; on y voit même un pied de caféier; un coin de ce petit jardin est planté en cannes à sucre. Que c'est beau! me dira-t-on, en savourant déjà sans doute en imagination les oranges, les grenades, les ananas. Mais, qu'on ne se presse pas tant: tous ces arbres et arbustes ne font que sortir de terre, je ne goûterai peut-être jamais de leurs fruits. Ici-bas on plante, on travaille, on s'agite, et puis la mort vient: *Adieu veau, vache, cochon, couvée*, comme dit notre bon La Fontaine...

C.-E. BOUILLEVAUX, *L'Annam et le Cambodge*, p. 160-161. (*Voyage dans l'Indochine*, p. 288-289).

Les ruines du Cambodge.

Amené par les hasards de ma vie de marin à la station d'Extrême-Orient, j'eus occasion, dès 1875, de visiter le royaume de Siam et une partie du Cambodge. L'année suivante, je faisais partie de la mission dirigée par le commandant de Lagrée(1).

La vue de ces ruines étranges me frappa, moi aussi, d'un vif étonnement: je n'admirais pas moins la conception hardie et grandiose de ces monuments que l'harmonie parfaite de toutes leurs parties. L'art khmer, issu du mélange de l'Inde et de la Chine(1), épuré, ennobli

(1) Ernest-Marc-Louis de Gonzague Doudart de Lagrée, marin français, né à Saint-Vincent de Mercure (Isère) en 1823, mort à Tong-tchouan en 1868. Nommé aspirant de première classe en 1845, au sortir de l'Ecole polytechnique; enseigne de vaisseau en 1847; lieutenant de vaisseau en 1854, il représenta la France, en 1862, auprès du roi du Cambodge, et contribua à l'établissement du protectorat sur ce pays. En 1864, il fut promu capitaine de frégate et reçut deux ans plus tard une mission d'exploration dans l'intérieur de l'Indochine. Il eut ainsi l'honneur insigne de frayer aux explorateurs qui le suivirent la route du haut Mékong (D'après *La grande Encyclopédie*; cf. *Explorations et missions de Doudart de Lagrée*, extraits de ses manuscrits mis en ordre par M. A. B. de Villemereuil, Paris Tremblay, 1883.)

(2) « C'est un fait admis, dit M. H. Parmentier, depuis le commencement des études sur les arts principaux d'Extrême-Orient qu'ils dérivent de deux sources, l'Inde et la Chine, et la division s'est faite aisément entre les deux origines: s'il y a désaccord

par des artistes qu'on pourrait appeller les Athéniens de l'Extrême-Orient, est resté en effet comme la plus belle expression du génie humain dans cette vaste partie de l'Asie qui s'étend de l'Indus au Pacifique. Il s'écarte, il est vrai, de ces grandes œuvres classiques du bassin de la Méditerranée qui pendant longtemps ont seules captivé notre admiration : ce ne sont plus ces colonnades majestueuses, ces grandes surfaces calmes de la Grèce ou de l'Egypte ; ce sont au contraire des formes laborieuses, complexes, tourmentées : superpositions, retraits multiples, labyrinthes, galeries basses à jour, tours dentelées, pyramides à étages et à flèches innombrables ; une profusion extrême d'ornements et de sculptures, des effets constants de clair et de sombre qui enrichissent les ensembles sans en altérer la majesté, et s'harmonisent merveilleusement avec la lumière intense et la végétation luxuriante des régions tropicales : c'est, en un mot, une autre forme du beau.

L. DELAPORTE(1), *Voyage au Cambodge. L'architecture khmère*, p. 10-12. (Paris, Ch. Delagrave, 1880.)

à l'occasion, c'est sur le point de savoir si les arts d'une famille n'ont pas tiré quelque élément de l'autre source. On admet d'ailleurs pour les représentations figurées l'apport en Chine, avec le bouddhisme indien, des traits principaux des images saintes et l'on attribue dans la naissance de celles-ci une part importante à la Grèce, part plus ou moins prépondérante suivant les diverses opinions. Ce n'est au fond qu'une question de degré et le fait est acquis, au moins dans son ensemble. Les arts d'Extrême-Orient rattachés à la famille indienne sont pour l'Indochine : l'art cham, les deux formes de l'art khmèr primitif et classique, séparés par l'hiatus du VIIIe siècle, l'art laotien, l'art siamois, qui participe des deux, et l'art birman ; hors de l'Indochine : l'art indo-javanais. Mais si l'origine commune de ces arts n'est pas discutée, il est par contre difficile de préciser la façon dont chacun d'eux est né et leur degré réel de parenté. » (*Origine commune des architectures hindoues dans l'Inde et en Extrême-Orient*, dans *Etudes asiatiques*, tome II, p. 199-200.)

(1) Louis-Marie-Joseph Delaporte, marin et explorateur, né à Losches le 10 janvier 1842, entra au service de la marine en 1858, fut nommé aspirant le 1er août 1860, enseigne de vaisseau le 1er septembre 1864 et lieutenant de vaisseau le 23 mai 1869. Désigné, en 1866, pour accompagner, en qualité de dessinateur, la mission d'exploration de l'Indochine dirigée par le commandant Doudart de Lagrée et, après la mort de celui-ci, par le lieutenant de vaisseau Francis Garnier, il collabora, en la même qualité, à la grande relation publiée par ce dernier, sous le titre de *Voyage d'exploration en Indo-Chine*. Se consacrant dès lors à l'étude des monuments de l'ancienne civilisation khmère, il obtint, en 1873, la mission d'aller les explorer de nouveau et rapporta en France une cargaison de spécimens pour lesquels il fut chargé d'organiser un musée spécial. L. Delaporte a consacré à ces monuments deux publications considérables, intitulées : *Voyage au Cambodge. L'architecture khmère*, Paris Delagrave, 1880. *Les monuments du Cambodge. Etudes d'architecture khmère, publiées par L. Delaporte d'après les documents recueillis au cours des deux missions qu'il a dirigées en 1873 et 1882-1883 et de la mission complémentaire de M. Faraut en 1874-1875.* Paris, Leroux, 1914-1924. (D'après le *Dictionnaire universel des contemporains* de G. Vapereau). L. Delaporte est mort en 1926.

Le lac Tonlé-sap.

Guidés par nos pilotes de Kompong Chnang, nous nous engageons dans un des nombreux arroyos qui serpentent au travers des bancs de vase, des îlots, du fouillis arborescent de la grande forêt en partie inondée. Dès l'abord, nous sommes émerveillés de la splendide sauvagerie des aspects. La végétation est d'une puissance extraordinaire; les arbres sont surchargés d'orchidées, de plantes grimpantes retombant en festons jusque dans le courant qui les entraîne; une multitude de lianes étrangement contournées s'élancent en vibrant d'un fût à l'autre; de place en place, un banian colossal domine fièrement l'immense massif; ailleurs un grand tronc mort élève tristement ses bras décharnés, comme pour protester contre cette exubérance de vie. Rien ne rappelle la présence de l'homme et pourtant quelle incroyable animation! Des myriades d'oiseaux, pélicans, canards, sarcelles, cormorans, couvrent la surface du lac; diverses variétés de hérons, des aigrettes, des ibis, perchent dans le feuillage ou se cachent au milieu des joncs; des caïmans flottent immobiles sur les eaux, tandis que des troupes de dauphins et d'autres poissons plus gros encore viennent bruyamment respirer à la surface, ou frôlent la carène de notre navire en luttant de vitesse avec lui.

Nous voici déjà bien loin du rivage; nous n'apercevons maintenant à plusieurs milles de distance qu'une nappe limpide verdie par la cime des joncs qui émerge d'une profondeur de 10 mètres, et où dérivent, comme de petits îlots mouvants, des troncs d'arbres enchevêtrés avec des traînées d'arbustes à demi noyés qui vingt fois menacent d'obstruer entièrement le passage; bientôt toute issue nous semble définitivement fermée, une ligne de verdure uniforme et continue apparaît devant nous; mais nos pilotes nous indiquent un enfoncement à peine perceptible entre les arbres. Nous atteignons bientôt cette saignée: c'est l'une des embouchures du Stung-sen, rivière que la canonnière doit remonter pour se rapprocher des ruines(1).

L. Delaporte, *Voyage au Cambodge*, p. 40-41.

Cf. P. Loti, *Un pèlerin d'Angkor*, p. 39: « Pas une jonque en vue; pas plus de trace de l'homme qu'avant son apparition dans la faune terrestre. Mais çà et là de longues traînées, d'un blanc rosé, font des marbrures sur les eaux verdâtres saturées de matières organiques, et ce sont des compagnies de pélicans qui dorment et se laissent flotter. Jusqu'au milieu du jour, nous continuons de cheminer sur le lac inerte, qui a des luisances d'étain poli. A l'horizon de l'Est, une espèce de moutonnement vert se prolonge sans fin, toujours semblable à lui-même: grands arbres, qui baignent jus-

Sur la rivière de Stung.

Le lendemain, nous regagnions le lac et nous pénétrions dans un autre affluent qui devait nous conduire à Stung, chef-lieu de la province du même nom. A l'entrée de cette nouvelle rivière, la ligne des anciennes pêcheries était marquée par un barrage de troncs d'arbres, au milieu desquels il y avait place pour le passage de la canonnière. Nous le franchîmes et nous nous enfonçâmes en pleine forêt, par cinq mètres d'eau. Nous avions déjà décrit bon nombre de sinuosités à travers les hautes herbes et les bouquets d'arbres, lorsque tout à coup, à notre grande surprise, une large percée s'ouvrit devant nous dans la futaie et nous laissa voir une immense étendue d'eau à l'horizon.

Etait-ce un mirage, ou cette navigation aux zigzags fantastiques nous avait-elle ramenés à la mer intérieure d'où nous sortions? Il n'en était rien; nous avions atteint un de ces bassins lacustres encore inexplorés qui, au rapport des indigènes, existent en assez grand nombre dans la zone basse limitrophe du Tonlé-Sap.

La *Javeline* s'y engagea d'une allure circonspecte; c'était une nappe ovale de 6 à 7 kilomètres en longueur, bordée de tous côtés par la forêt, et envahie par un vaste ourlet circulaire de grandes herbes très denses. Nous traversâmes la partie libre et nous fîmes prudemment halte à la limite des joncs. Nos pilotes ne pouvant distinguer, à cette distance, l'embouchure de la rivière Stung, que nous voulions atteindre, des pirogues furent envoyées à la découverte.

L. Delaporte, *Voyage au Cambodge*, p. 57-58.

---

qu'aux branches et dont les dômes seulement émergent encore. Ce n'est qu'un faux rivage, puisque sous la verdure le lac ne cesse de s'étendre à d'imprécises distances; ce n'est que la limite des eaux plus profondes, où la végétation perdrait pied. Trente lieues, quarante lieues de forêt noyée défilent ainsi, tant que dure notre course paisible vers le Nord. Zone immense, inutilisable en cette saison pour l'homme, mais réservoir prodigieux de vie animale; ombrages pleins d'embûches, de guets-apens, de griffes, de becs féroces, de petites dents venimeuses, de petits dards aiguisés pour les piqûres mortelles. Des ramures plient sous le poids des graves marabouts au repos; des arbres sont si chargés de pélicans que, de loin, on les croirait tout fleuris de grandes fleurs pâlement roses. Aux instants où nous naviguons en frôlant presque cette forêt au vert éternel, les hôtes des branches s'épeurent, prennent leur vol. Et alors, de près, nous voyons des écheveaux de lianes, comme dévidés sur les arbres, les rattachant les uns aux autres, tellement que tout cela se tient pour ne former qu'une seule masse indémêlable. A une heure, nous prenons notre mouillage, à l'ombre, dans une petite baie, enclose de folle verdure. C'est, paraît-il, le point où doivent venir me chercher les grands sampans commandés d'avance au chef du plus prochain village sur la route d'Angkor; la mouche à vapeur qui m'a conduit jusque là ne pourrait du reste s'avancer davantage sous bois. . . »

Le Bayon d'Angkor Thom.

Angkor-la-Grande couvrait jadis une surface de 13 kilomètres carrés (1). La puissante muraille qui l'entoure a 9 mètres de hauteur (2) ; elle est garnie d'ogives sculptées rappelant les créneaux des fortifications de l'Inde. A l'intérieur elle s'appuie sur un épais rempart de terre (3) ; au dehors elle a pour défense un immense fossé (4) avec des ponts dont les parapets étaient portés par plus de cinq cents *yaksa* ou géants (5). Par exception, la ville avait deux portes (6) ouvertes à l'orient ; la plus rapprochée du Sud, l'entrée sacrée, s'appelait la « Porte des Morts » et conduisait au temple de Bayon.

Nous étions campés tout près de ce dernier monument, peut-être le plus extraordinaire de tous les édifices laissés par les Khmers. Il avait été à peine en-

---

(1) D'après M. H. Marchal (*Guide archéologique aux temples d'Angkor*, p. 83), l'ancienne ville royale d'Angkor Thom, construite au IXe siècle de l'ère chrétienne, occupe à l'heure actuelle une superficie totale de 9 kilomètres carrés, non compris la douve de cent mètres de largeur qui l'entoure sur ses quatre côtés ; elle est située à un kilomètre et demi au Nord du temple d'Angkor Vat.

(2) Cette muraille a, d'après le *Bulletin de l'Ecole française d'Extrême-Orient* (t. XXI, p. 114), de 7 à 8 mètres de hauteur ; elle est moulurée en haut et en bas comme une paroi ou un mur ordinaire, et terminée par un parapet simple et non crénelé.

(3) M. E. Lunet de Lajonquière (*Inventaire des monuments du Cambodge, t. III*), attribue à ce rempart une largeur de 25 mètres environ au sommet. Cette masse s'interrompait auprès des portes, et les terres y étaient maintenues par un revêtement de gradins de latérite qui donnait un accès facile au chemin de ronde.

(4) Ce fossé, large de 100 mètres environ, est limité à l'extérieur par une levée continue de terre. La profondeur n'en a pas été déterminée.

(5) Plusieurs de ces géants sont encore visibles à la Porte des Morts. « Un relèvement des fragments renversés a été fait à la porte de la Victoire où l'on a pu ainsi restituer la silhouette d'ensemble. On remarquera d'un côté les dieux au visage ovale, aux yeux en amande, à l'air grave, austère, un peu dédaigneux, et de l'autre, les démons à l'œil rond, au rictus qui voudrait être terrible et qui, le plus souvent, n'est que comique. Il est amusant de constater la grande diversité d'expressions que les sculpteurs ont su donner à ces visages. » (H. Marchal, *op. cit.*, p. 84.)

(6) Quatre portes monumentales sont pratiquées dans la muraille d'enceinte au centre de chacune des faces et une cinquième, la porte de la Victoire, est située à 500 mètres au Nord, de la porte des Morts (Est). « L'accès à chacune des portes se faisait, jadis, par une avenue traversant la douve que bordait de chaque côté un alignement de 54 géants de pierre tenant sur leurs genoux un *naga* (serpent mythique à plusieurs têtes) formant balustrade avec les têtes multiples déployées en éventail. Motif formidable, création géniale par laquelle les Khmèrs rejoignent à travers le passé les Assyriens et les Égyptiens... » (H. Marchal, *op. cit.*, p. 84.)

tretenu jusqu'alors, à cause de l'épaisse végétation qui en défend l'approche ; 60 indigènes travaillèrent douze jours durant à pratiquer des abatis et à ouvrir des sentiers pour nous permettre d'en relever le plan. Ce monument est surmonté de cinquante et une tours, toutes ouvragées d'une riche décoration architecturale. La masse centrale est une construction unique en son genre, à base légèrement ovale, avec un entourage de portiques à deux étages, surmontés de dix campaniles aériens et d'un troisième étage, au milieu duquel s'élève la quadruple tête de Brahma(1) couronnée d'une immense tiare. Nous la fîmes dégager jusqu'au sommet.

L'entourage du monument, les *prasat*(2) intérieurs, les soubassements, sont encombrés d'éboulis de pierres, de débris de voûtes, de fragments de toute sorte, parmi lesquels nous rencontrons d'admirables sculptures. Pas une tour dont l'agencement n'ait été disjoint par l'effort de la végétation. Les masques humains, déformés, semblent grimacer ; quelques-uns pourtant ont conservé leur expression primitive, souriante et placide(3) ; mais ce n'est que l'exception, et le jour n'est pas loin où ce temple splendide ne sera plus qu'un informe amas de ruines. La flore capricieuse qui y pénètre de toutes parts a produit en certains endroits des effets singuliers ; dans une galerie, des racines des banians, après avoir renversé les piliers, ont pris leur place, et ce sont elles qui étançonnent aujourd'hui la voûte. Le bâtiment principal dont la chute entraînera la destruction presque entière de l'édifice, est dans un état déplorable. L'ascension ne s'en fait pas sans danger ; d'énormes lézardes y bâillent d'un air menaçant ; il nous semble à tout moment que d'immenses désagrégations, déjà fort éloignées de la position normale, vont achever de perdre leur

---

(1) « Lokeçvara était la divinité poliade d'Angkor Thom, et cette grande capitale qu'on croyait dédiée de tout temps au culte de Çiva fut, à l'époque de sa fondation, une cité bouddhique » (L. Finot, *L'origine d'Angkor*, p. 11).

(2) *Prâsàt*, mot cambodgien signifiant sanctuaire en forme de tour.

(3) Ces tours à visages représentent des têtes de Lokeçvara, « Seigneur du monde », à quatre faces. Elles s'étagent et se superposent dans un désordre apparent. « On les voit surgir de tous côtés et leur sourire étrange anime tout le monument qui, à vrai dire, relève plus de l'art du statuaire que de l'architecture. Masse confuse, bizarre, présentant un aspect de rocher sculpté se dressant comme un véritable pic taillé et travaillé par des humains ; l'effet est à la fois déconcertant et fort impressionnant. Et, à mesure que l'on approche, les têtes se multiplient au-dessus des galeries qui semblent s'entrecroiser au hasard dans un désordre un peu chaotique. » (H. Marchal, *op. cit.*, p. 89.)

équilibre, et que l'anéantissement définitif de ce chef-d'œuvre d'architecture va s'accomplir sous nos yeux, si ce n'est même sur nos têtes. Les pluies diluviennes, les tempêtes accélèrent encore le travail dévastateur de la végétation. Une nuit, pendant un ouragan terrible qui emportait pièce à pièce la case où nous étions campés, nous entendîmes un grand fracas ; le lendemain, à la place d'une tour que nous avions admirée la veille, nous ne trouvâmes plus qu'un monceau de décombres.

L. Delaporte, *Voyage au Cambodge*, p. 155-159.

L'architecture khmère.

Les monuments khmers n'ont de rivaux dans aucun pays de l'Extrême-Orient.

Dans cet art, deux choses essentielles appartiennent en propre au Cambodge : l'invention des ensembles et le goût correct et délicat de l'exécution. Rarement, en effet, les fantastiques monuments de l'Inde ont été construits d'après des plans d'une homogénéité aussi complète ; presque jamais le rapport du tout aux parties n'y a été aussi parfaitement envisagé en vue de l'effet général. Cette grandeur dans la conception caractérise, à un haut degré, le génie des artistes khmers. Forcés, comme presque tous les bâtisseurs d'édifices sacrés, de se plier à des canons hiératiques, ils ont, de chaque anomalie imposée, tiré un motif original d'ornementation.

Une des principales règles de l'architecture religieuse dans l'Inde s'opposait, par exemple, à l'adoption de plans absolument réguliers, — pour montrer que rien de parfait ne saurait sortir des mains de l'homme. Par quel biais les constructeurs khmers se sont-ils tirés d'embarras ? Au lieu de rompre les grandes lignes, ils se sont contentés de déplacer les axes de leurs monuments, qui, en effet, ne seront jamais en coïncidence avec les médianes des plans rectangulaires ; mais pour éviter de choquer l'œil, ils ont si bien su pallier cette dérogation au principe de l'art, que presque toujours il faut avoir recours à des mesurages exacts pour en constater l'existence.

Il leur fallait, au dedans des grandes galeries enveloppantes, renoncer à montrer dans un seul coup d'œil les façades des enceintes intérieures : ils ont construit sur les axes des couloirs qui forçaient le spectateur à se détourner pour aller jouir des vues d'angles et des riches effets de superpositions architecturales que présentent ces perspectives resserrées. Encadrant ici un *prasat* là une grande entrée ou un escalier monumental, entre les édicules avancés qui les isolent en leur donnant un aspect plus saisissant ; coupant leurs cours de cloîtres, les parsemant de portiques, de sanctuaires accessoires, ils ont multiplié, varié à l'infini leurs tableaux d'intérieur.

Cette préoccupation de la perspective n'est pas moins visible, chez eux, dans l'exécution de tous les détails. Ils s'efforcent, par exemple, d'exagérer l'effet de ces grands perrons qui règnent de la base au sommet de leurs pyramides en diminuant insensiblement la largeur de l'escalier ainsi que la dimension des lions étagés sur ses flancs. Ils inclinent légèrement les plates-bandes verticales et horizontales, de manière à accrocher la lumière et à faire ressortir les sculptures voisines. Partout enfin, ils subordonnent l'arrangement et le mode d'exécution des ornements aux conditions d'éclairage et à la situation de la partie décorée.

L. Delaporte, *Voyage au Cambodge*, p. 320-323.

La rivière de Nha-trang.

Dès que l'on a pénétré dans cette rivière, on rencontre sur les dunes de la rive droite Cửa Nha-trang, centre important, marché de poissons, port excellent pour les jonques annamites. La marée se fait sentir jusqu'à une lieue dans l'intérieur. Les courlis, les sarcelles abondent ; les rives sont couvertes de buissons qui croissent en sol marin et marécageux ; bientôt le terrain se relève, le courant devient plus rapide, les bords se couvrent de villages, et, à 25 ou 30 kilomètres de la mer, on atteint la région des montagnes ainsi que des rapides qui n'arrêtent ni les petites barques, ni les radeaux, les trains de bois des indigènes. Et, en somme, cette jolie petite rivière, la plus considérable à l'étiage de toutes celles du Bình-thuận et du Khánh-hòa, est en tout temps navigable et flottable sur un parcours de 50 à 60 kilomètres. Elle fait l'originalité de cette petite vallée de Nha-trang, elle lui donne la vie. Le spectacle est encore plus pittoresque dans la région des montagnes, à l'ombre des grands bois qui couvrent les pentes du terrain; tantôt le voyageur navigue sur les biefs étagés aux eaux tranquilles et relativement profondes; tantôt, pour passer d'un bassin dans un autre, il faudra remonter à la gaffe ou à la cordelle les petits rapides aux voix bruyantes, qui n'offrent nul danger si ce n'est de prendre un bain forcé en cas de maladresse des rameurs. De tous côtés bruissent les cigales indochinoises, concert aigu que domine le chant du coq sauvage ou le cri aigu du paon, le bramement du cerf ou les coups de hache réguliers du bûcheron annamite. De temps à autre passe sur un petit radeau de bois ou de bambous un Annamite vêtu d'une courte blouse qui descend tout au plus de la ceinture, ou même un sauvage bronzé complètement nu qui se laisse mollement flotter sur l'eau et prend le loisir de faire siffler des flèches de son arbalète aux oreilles des singes effarouchés.

Etienne AYMONIER (1), *Notes sur l'Annam.*
II, Le Khánh-Hóa, p. 20-21.
(Saigon, Impr. coloniale, 1886).

---

(1) M. Etienne Aymonier, né en 1844, ancien chef de la bataillon d'infanterie de marine, ancien directeur de l'Ecole coloniale, a publié de nombreux ouvrages sur le Cambodge et le Champa. Ses *Notes sur l'Annam* sont à la fois une histoire et une description : elles visent à donner un aperçu de ce qui peut faire connaître et apprécier l'ancien Champa ; elles visent aussi à instruire les voyageurs de toutes les connaissances que peut leur donner pour leur gouverne un administrateur-résident après de nombreuses années d'observations. C'est aussi après un long séjour au Cambodge que M Aymonier étudie l'empire khmèr. A une époque où l'on parle si souvent des magnifiques ruines d'Angkor, de pareilles explorations, — explorations morales et ethniques autant que géographiques, — ont un singulier mérite et nous apportent une documentation hautement nouvelle. Ici encore, peu de phrases, des observations, mais des observations faites avec ardeur, avec cœur, chaleureuses et éloquentes par leur simplicité même, souverainement intéressantes par leur nouveauté. Cet ouvrage sur le Cambodge en trois gros volumes, est un des plus remarquables que nous ait donnés l'étude de l'Indochine depuis longtemps. « M. Aymonier, qui se trouvait déjà au Cambodge lors de la première mission de M. Delaporte, remplaça quelques années plus tard, dans les fonctions de représentant du protectorat français, M. Moura, à qui l'archéologie est redevable de travaux estimables. En cette qualité, M. Aymonier eut l'occasion, de 1879 à 1881, de faire plusieurs excursions dans le Cambodge central et d'y relever les vestiges de quelques monuments. Attiré par l'épigraphie, il avait déjà expédié en France quelques lots d'estampages et déchiffré lui-même différentes inscriptions. C'est en considération de ces services rendus aux études cambodgiennes, que le Ministre de l'Instruction publique le chargea, le 30 décembre 1881, d'une « mission archéologique et philologique dans le Cambodge proprement dit, les provinces cambodgiennes relevant du Siam, le Laos méridional, la Cochinchine française et le Sud de l'Annam ». M. Aymonier a raconté plusieurs fois ses voyages. Dans une première tournée qui dura un mois (20 mars 1882 — 23 avril 1882), il parcourut, accompagné du sous-lieutenant Prudhomme, tout le pays situé au Sud de Phnom-Penh jusqu'à Châu-đoc et à Kampot. La seconde expédition

Le Mékong.

Les bassins excentriques étant de faible importance, les eaux du Cambodge et des contrées voisines s'écoulent presque toutes à la mer par la voie du Mékong ou Tonlé Thom, « grand fleuve », que les Européens ont aussi nommé « le Cambodge ». Les sources, encore inexplorées, de ce fleuve doivent se trouver à plus de 3.000 kilomètres de ses bouches, à plus de 4.000 mètres d'altitude, entre celles de la Salouen et du Fleuve Bleu, dans les régions neigeuses de ces hauts plateaux du Tibet oriental qui versent à l'Inde, à la Chine et à l'Indochine une masse énorme d'eaux courantes.

Quelquefois glacé, toujours torrentueux, bondissant de roche en roche, il court au sud-est, entre les chaînes parallèles et resserrées dont les parois sont souvent verticales. Quittant la Chine au tropique, il pénètre dans l'Indochine laotienne, s'enfonce avec fracas entre les puissantes assises rocheuses des monts couverts de forêts que parsèment de rares villages. Les lignes de faîte

---

(19 mai 1882-25 octobre 1882), le mena à Angkor, à travers les provinces qui bordent le Grand Lac sur sa rive orientale. Durant un troisième voyage (17 novembre 1882 — 10 juin 1883), il explora, après un nouveau séjour à Angkor, les provinces de Sisophon, Battambang, Kompong Svay, Melu Prei, Tonlé Repou, Prei Veng, Ba Phnom, toutes fort riches en monuments. Enfin, du 18 septembre 1883 au 11 octobre 1884, il sillonna le Laos et la vallée de la Ménam. On sait les brillants résultats de ces voyages : sans parler des beaux spécimens de sculpture khmère, exposés actuellement au Musée Guimet, M Aymonier rapportait 340 estampages d'inscriptions sanskrites et cambodgiennes ; et il avait si bien fouillé les régions qu'il avait traversées que ses successeurs en quête de monuments khmèrs ne devaient plus trouver qu'à glaner après lui. Ses notes n'ont vu le jour que récemment. » (G. Cœdès, *Bibliographie raisonnée des travaux relatifs à l'archéologie du Cambodge et du Champa*, p. 18-19.)

Les principaux ouvrages de M. Aymonier sont : *Cours de cambodgien*, Saigon, 1875 (autographié) ; *Dictionnaire français-cambodgien*, Saigon, 1874 (autogr.) ; *Dictionnaire khmèr-français*, Saigon, 1878 (autogr.) ; *Textes khmèrs*, Saigon, 1878 (autogr.) ; *Géographie du Cambodge*, Paris, E. Leroux, 1876 ; *Les Tchames et leurs religions*, Paris. E. Leroux, 1891 ; *Notes sur l'Annam* (Excursions et Reconnaissances, 1885-1886) ; *Notes sur le Laos*, Saigon, Imprimerie du Gouvernement, 1885 ; *Voyage dans le Laos*, Paris, E. Leroux, 1895 et 1897, 2 vol. ; *Le Cambodge*. I, *Le royaume actuel* ; II. *Les provinces siamoises* ; III, *Le groupe d'Angkor et l'histoire*, Paris, E. Leroux, 1900-1904, 3 vol. , *Histoire de l'ancien Cambodge*, Paris, Challamel ; *Un aperçu de l'histoire du Cambodge*, Paris, Challamel, 1918 ; *Grammaire de la langue chame* (Excursions et Reconnaissances, t. 14) ; *Légendes historiques des Chams* (Ibid., t. 14) ; *Dictionnaire cham-français* (en collaboration avec M. A Cabaton), Paris, E. Leroux, 1906.

s'éloignent ensuite pour élargir son bassin, et vingt rivières, au Laos, lui apportent leur tribut, le gonflent prodigieusement à la saison des pluies.

Il lui plait quelquefois de ralentir sa course furieuse, de s'épanouir en plaine entre les berges plus basses, dans un lit large de deux à quatre mille mètres semé, d'îles et de bancs de sable, où le courant de ses flots jaunâtres reste encore impétueux, où toutefois la navigation relativement facile attire quelque population sur ses bords. Mais au bout de ces biefs dont l'étendue se chiffre par centaines de kilomètres, l'énorme torrent se ressaisit en de longs étranglements de roches, où il fait le désert sur ses rives, falaises rocheuses, murs cyclopéens taillés à pic. Son chenal étroit et profond se rétrécit alors jusqu'à soixante mètres et se creuse jusqu'à cent mètres et plus. Il ne coule plus, il court, il saute de rapide en rapide. Ses eaux tourbillonnent autour des barrages de roches et se précipitent avec fureur, opposant ainsi de terribles obstacles à la navigation. Vers le 14° de latitude, après s'être élargi jusqu'à quatre et cinq lieues pour embrasser et baigner des milliers d'îles, il saute un gigantesque barrage de roches qui abaisse subitement son niveau de quinze mètres et impose un brusque arrêt à l'élan des plus audacieux navigateurs. En aval de cet obstacle infranchissable, il bondit encore de rapide en rapide en une course effrénée et furibonde pendant plus de trente lieues au milieu des grandes forêts désertes.

Au Cambodge même, il atteint enfin son plan in[illegible]ar et il s'écoule dès lors large et majestueux, semé d'îles verdoyantes, recevant des rivières nombreuses qu'il refoule violemment à ses crues annuelles. Travailleur puissant et infatigable, il modifie sans cesse ses rives, érodant les berges accores, déposant son limon sur les bords en pente douce. Il déplace à son gré les populations cambodgiennes qui se disputent ses fertiles alluvions, mais qui se subordonnent humblement à son action grandiose et qui n'ont jamais songé à la folie de l'endiguer, de le diriger peu ou prou. Il conserve toujours sa physionomie propre, plus imposante lorsque ses flots jaunes roulent pressés et à pleins bords, plus sévère et triste aux basses eaux, quand son courant est presque insensible au fond de son lit embarrassé de bancs de sable et encaissé dans ses hautes berges ocreuses d'argile et de sable. Les rizières, les cultures de tabac, de coton, de mûriers, d'indigo alternent avec les forêts, avec ces falaises rouges ou jaunes. Des cases au toit pointu, à l'aspect souvent propre et souriant, se succèdent alors, sans interruption presque, cachées sous le vert tendre de bananiers, sous le vert sombre des énormes manguiers dont la tonalité un peu monotone s'égaie fréquemment des taches éclatantes des habits jaunes de bonzes, des robes bleues ou rouges des jeunes femmes.

A la fourche de son delta, à soixante-quinze lieues de cette mer qu'il refoule constamment en lui jetant les boues de ses énormes alluvions, il roule entre quatre-vingt mille mètres cubes d'eau par seconde aux grandes crues et quinze mille mètres cubes à l'étiage. Phnom-Penh, la capitale actuelle du Cambodge, est assise sur cette admirable position géographique et commerciale que les indigènes appellent Chadomukh (= *catur mukha*, les quatre faces), et les Européens, les Quatre-Bras, parce que quatre fleuves se joignent en ce point. Les eaux du fleuve supérieur, dont nous avons suivi le cours torrentueux du Tibet au Laos et au Cambodge, s'y partagent en deux bras qui descendent à la mer, larges, profonds presque partout et en tout temps, qui coulent à peu près dans la même direction pendant une quarantaine de lieues et se subdivisent ensuite en Cochinchine pour dessiner un éventail qui embrasse un vaste littoral. Nous reviendrons plus loin sur un troisième bras qui rebrousse chemin, de Phnom-Penh vers le nord-ouest, afin de verser, pendant la saison des crues, le trop-plein du fleuve dans une vaste dépression d'eau douce qu'on appelle le Grand-Lac ; le courant de ce bras se renverse aux décrues en ramenant ces eaux au fleuve et à la mer.

E. Aymonier, *Le Cambodge*, t. I, p. 2-6.
(Paris, E. Leroux, 1900.)

Crue du Mékòng.

A droite et à gauche, le fleuve noie profondément cette contrée qu'il a créée lui-même. Les arbres et les cases haut perchées sur pilotis émergent des eaux. Les voies de communication disparaissent. Les relations de village à village, et souvent de maison à maison, se continuent au moyen de pirogues. Les barques glissent entre les cimes des arbres qui jonchent ces immenses nappes liquides. Au soir, sur les nuages lourds et bas, se dessine le vol silencieux des gros vampires bruns se dirigeant tous, mais isolément, dans la même direction. Les tertres élevés, où se réfugient la plupart des villages, aux cases entourées de bananiers, de manguiers, de palmiers, deviennent des îles dont la surface se réduit selon les progrès de l'inondation. Les bords du fleuve aux riches cultures, bien colmatés sur une largeur de quelques centaines de mètres, souvent plus élevés que les plaines qui s'étendent au delà, sont inondés en dernier lieu. De nombreuses tranchées naturelles coupent ces rives et permettent aux eaux du fleuve de s'épancher dans les bas-fonds et cuvettes de l'intérieur du pays.

Dès les premiers jours d'octobre, la crue cesse ; puis le niveau du fleuve s'abaisse. Alors le courant se renverse brusquement dans tous ces canaux qui ramènent au fleuve l'eau des plaines, des lagunes. En janvier, l'inondation est complètement écoulée. Le fleuve a repris son niveau d'étiage. Son courant est faible. Son lit embarrassé de bancs de sable, est encaissé par de hautes berges qui sont tantôt en pente douce et couvertes de cultures, tantôt abruptes et criblées de trous faits par les martins-pêcheurs qui établissent leurs nids souterrains dans ces parois verticales, à l'abri des atteintes des hommes ou des serpents. La double marée quotidienne, très forte en Cochinchine, se fait sentir faiblement aux Quatre-Bras, et même plus haut en mars et avril. L'eau du fleuve d'ailleurs n'est jamais saumâtre au Cambodge où l'effet de cette marée se borne à ralentir ou refouler le courant. Dans les canaux que la nature a ménagés à travers les rives du fleuve, cette marée produit un mouvement journalier de va-et-vient, s'ils sont assez profonds pour conserver leurs eaux toute l'année. D'autres tranchées plus superficielles sont à sec, servent quelquefois à la circulation des chars des indigènes, et sont donc des voies naturelles où passent alternativement les pirogues et charrettes. Des marais, des étangs, des lacs souvent considérables, subsistent dans les parties les plus basses du pays, où les Cambodgiens recueillent les graines de lotus et pêchent le poisson qui frétille de tous côtés.

E. Aymonier, *Le Cambodge*, t. I, p. 8-9.

La faune cambodgienne.

La vie végétale et la vie animale sont intenses en ce pays alternativement noyé et desséché, où la grande pulsation annuelle de l'inondation favorise la pêche et la chasse en disséminant ou en concentrant tantôt le gibier, tantôt le poisson. Nous avons vu à quel point pullule la gent aquatique, cette proie habituelle de l'homme, ainsi que de nombre d'oiseaux et de mammifères. Certaines espèces de poissons ne craignent, paraît-il, ni les voyages par terre, ni même les longues migrations en bande. Plusieurs variétés de tortues sont chassées dans les champs, dans les jungles, dans les cours d'eau. Les crocodiles excessivement nombreux, quelquefois énormes, sont, de toute tradition, terribles ici, inoffensifs là, sans qu'il y ait d'explication satisfaisante à ce fait qu'il faut se borner de constater. De tous côtés fourmillent d'innombrables reptiles, les grosses sangsues d'eau, les petites sangsues de terre, les serpents terrestres, aquatiques ou amphibies, dont maintes espèces sont très venimeuses. Entre les nombreux oiseaux des tropiques, les échassiers et les palmipèdes de toutes sortes se tiennent dans les régions noyées, tandis que les poules et les faisans, les paons au riche plumage, mais au cri aigre et discordant, affectionnent le séjour des forêts, non clairières, mais fournies et riches en essences de bois de fer. Sur les arbres grimpent les rongeurs, écureuils, rats palmistes, volent de superbes dragons, sautent les singes, macaques, gibbons et « hommes de bois », c'est-à-dire des orangs-outans.

Sur les plateaux où s'isole, en faisant régner autour de lui le vide de la mort, le vomiquier dont les noix empoisonnées ressemblent en mûrissant à des œufs jaunes suspendus à de longues ficelles, les termites élèvent leurs tumuli, ces autels des superstitions populaires; les cerfs de toutes espèces et de toutes grandeurs bondissent, ainsi que les bisons et les bœufs sauvages dont le croisement améliore fréquemment les races domestiques. Les buffles, les sangliers, les rhinocéros s'éloignent davantage des lieux habités; aussi les éléphants qui vivent par bandes, qui enlèvent quelquefois leurs frères domestiqués, mais, qui, plus souvent encore, sont chassés et capturés à l'aide de ceux-ci. Quant aux carnassiers, soit chacals, panthères et tigres, tous chasseurs isolés, soit loups sachant se réunir et se relayer pour fatiguer le gibier, ils ne craignent pas de se rapprocher des demeures de l'homme. Le roi de la création, « homme à la tête noire », délaissant les plateaux élevés ou boisés, occupe de préférence les terrains de hauteur moyenne, les bords du fleuve, de ces îles et des cours d'eau ; il se groupe en tous les lieux où la culture et la pêche lui fournissent des ressources plus considérables.

E. Aymonier, *Le Cambodge*, t. I, p. 22-23.

Les Cambodgiens.

Habituellement paisibles et doux, les Cambodgiens sont charitables, hospitaliers même, si l'on tient compte de ceci : qu'il n'entre nullement dans leurs mœurs de recevoir un étranger à l'intérieur de la maison. Ils aiment leurs enfants ; ils respectent leurs parents. Ils sont tolérants et dépourvus de fanatisme, quoique très religieux et très superstitieux. Contemplatifs et apathiques, ils sont très endurants, sauf à se soulever en de cruelles et terribles colères lorsqu'ils sont poussés à bout. « Ce sont des buffles » pour employer la parole d'un de leurs rois.

Pour médisants, ils ne sont ni fourbes ni menteurs. Les adages et les proverbes qui font fi des bavardages, des paroles légères, des discordes et des colères faciles, sont nombreux chez eux. Du tact, une certaine circonspection, une grande réserve et le respect tout au moins apparent de leurs lois et de leurs antiques coutumes, semblent être les traits les plus distinctifs de la race. A un sentiment inné de pudeur qui leur inspire l'horreur des nudités complètes, ils joignent volontiers le goût très prononcé des plus grasses grivoiseries. Probes et désintéressés, possédant un réel sentiment de solidarité, ils se portent, à l'occasion, aide et assistance mutuelles, gratuitement et avec un entrain rare. Mais ces pratiques ne justifient nullement l'opinion aussi étrange qu'elle est erronée, émise ou répétée par plusieurs auteurs qui ont prétendu que les Cambodgiens repoussaient tout salaire en échange de leur travail et préféraient même la servitude à des gages réguliers. Habiles en certains exercices du corps, tels que natation, jeux de paume et de bâton, ils sont souvent animés, lors de leurs fêtes traditionnelles, d'une ardeur qui s'exalte jusqu'à l'enthousiasme le plus exubérant.

E. Aymonier, *Le Cambodge*, t. I, p. 31-32.

Les monuments khmèrs.

Les grands monuments, à la fois plans et pyramidaux, aux enceintes concentriques et étagées, aux galeries croisées et terrasses superposées, sont le Bayon et Angkor Vat, les deux plus célèbres chefs-d'œuvre de cette architecture dont ils unissent intimement les deux systèmes. Le massif central, entouré de murs aux portes monumentales et de galeries à colonnes où aboutissent de larges avenues, est remarquable ici par sa grandeur ; il repose sur de solides fondations bétonnées et il déploie sur ses énormes gradins, ses terrasses, escaliers, portiques, édicules, dômes, ainsi que ses galeries longues, étroites et de grandeur décroissante qui ne se raccordent pas du reste sans quelques difficultés aux tours étagées que domine un dernier sanctuaire pyramidal s'élançant vers les cieux. Malgré un léger défaut d'homogénéité, tous ces éléments architecturaux, habilement mis en relief, atteignent leur maximum d'effet décoratif (1).

Les tours sont partout remarquables par leur agencement ingénieux. Sur leur base généralement carrée, mais quelquefois polygonale et dentelée, s'élève, par une transition judicieuse d'angles saillants et rentrants, un dôme cylindro-conique pouvant atteindre jusqu'à 25 mètres de hauteur, décoré extérieurement d'acrotères et de dentelures flabelliformes, et qui revêt souvent un caractère étrange, particulier à cet art cambodgien, celui du quadruple masque de Brahma sculpté en quatre grandes figures humaines (2).

---

(1) L'établissement de la carte du groupe d'Angkor (par les lieutenants Buat et Ducret) a montré que le centre religieux d'Angkor Thom était le Bayon. Ce monument, lit-on dans le *Bulletin de l'Ecole française d'Extrême-Orient* (tome XXI, p. 118), « est une conception digne de cette position maîtresse, mais c'est aussi sans doute le premier bâtiment important construit tout entier en grès ; la technique de cette matière y semble improvisée et l'exécution montre combien la main-d'œuvre était encore peu familiarisée avec une matière qui devait paraître aussi rebelle. L'édifice est en réalité une œuvre de sculpteur, bien plus que d'architecte, même dans ses éléments les plus purement architecturaux. »

(2) Comme on l'a vu plus haut (p. 21, n. 1 et 3), ce quadruple masque n'était pas celui de Brahmâ, mais peut-être de Lokeçvara « le Seigneur du monde », puisque le Bayon fut d'abord un temple bouddhique. « La vue des têtes sur les tours qui se multiplient à des distances et à des hauteurs variables, écrit M. H. Marchal (*op. cit.*, p. 107), constitue un spectacle unique au monde et dont on ne saurait rapprocher aucun autre monument. Suivant les éclairages, ces têtes prennent des expressions variées que l'usure de la pierre ou les cassures multiples rendent encore plus différentes. Il est difficile de faire le compte exact de ces têtes, plusieurs tours ayant en partie disparu et la tour centrale elle-même laissant subsister un doute sous ce rapport ; on peut en évaluer le nombre approximatif à cent soixante. La hauteur des visages avec leurs diadèmes varie de 1m. 75 à 2 m. 40. »

Les portes rectangulaires, encadrées de moulures, ornées de colonnettes octogonales engagées et d'un entablement monolithe, vaste linteau profondément fouillé, sont fréquemment des chefs-d'œuvre de sculpture. Leurs pilastres extérieurs supportent un fronton dont la forme triangulaire se rapproche de celle de l'ogive dans le style flamboyant ; ses contours, presque partout identiques, sont tracés par les replis de deux *nâgas* ou dragons au cou dilaté et aplati et à la tête multiple relevée à chaque extrémité inférieure. Les tympans, travaillés en ronde bosse, sont d'une richesse confuse et d'une exécution très soignée (1).

Les voûtes des galeries sont supportées soit par deux murs pleins ou percés de fenêtres à balustres, soit par un mur et un rang de piliers (2). La colonnade peut aussi être double et supporter, outre la voûte maîtresse, une demi-voûte latérale. Les galeries les plus perfectionnées comptent jusqu'à quatre rangées de piliers soutenant la voûte maîtresse et deux demi-voûtes latérales disposées comme les trois nefs de nos églises. Les murs, appuyés sur des assises qui élargissent leur base, sont formés de blocs de grès ou de limonite rectangulaires ou cubiques, assemblés sans ciments, les joints régulièrement alternés. Les colonnes rondes ne jouant guère dans cette architecture qu'un rôle purement décoratif, les piliers employés pour soutenir les voûtes des galeries, sont généralement

(1) Le Bayon, a-t-on dit avec raison, est le temple de la sculpture. « Que de motifs délicats sont ciselés sur les murs : fouillis d'entrelacs, tympans de frontons, gracieuses figures féminines et devatâs (déités féminines) qui vous accueillent en souriant, offrant des fleurs d'un geste plein de grâce à tous les étages et à tous les ressauts de murs. On remarquera particulièrement, sous les petites fenêtres à la base de la tour centrale, la frise d'apsaras (danseuses célestes) et les deux devatâs qui s'encadrent sous une niche en arcature de chaque côté de l'entrée principale du sanctuaire. Cette entrée est constituée par une série de petites chapelles donnant accès au Saint des Saints. Le massif de la tour centrale paraît un peu mystérieux dans sa forme imprécise ; sa hauteur, dit Commaille, est de 45 mètres au-dessus du sol d'Angkor Thom. Chose exceptionnelle dans l'architecture khmère, c'est une tour ronde, ovale plus exactement, dont le massif de base est creusé d'alvéoles formant une série de treize chapelles, chacune précédée d'un tout petit porche. »

(2) M. H. Marchal dit, lui aussi, que la voûte khmère, « est la voûte à joints horizontaux et parallèles qui n'est en somme que le prolongement en hauteur des deux murs opposés se rapprochant peu à peu au moyen d'encorbellements successifs. Une dernière pierre posée sur le tout vient fermer la voûte. Ce système présente un avantage sur les voûtes à claveaux à joints obliques : celui de ne pas produire de poussées sur les points d'appui, mais d'autre part il a l'inconvénient de ne pouvoir franchir une très grande portée ; c'est pour cette raison que dans l'architecture khmère on ne trouve jamais de salles très vastes ou de galeries très larges. »

monolithes et ils sont toujours exactement carrés ; ils conservent la même épaisseur de haut en bas ; ils ont leur base et leur chapiteau semblables et décorés d'ornements uniformes. Les chapiteaux supportent un entablement, frise sculptée et corniche moulurée, où prend naissance la voûte, toujours construite en encorbellement, c'est-à-dire composée de pierres superposées par assises horizontales se rapprochant graduellement de chaque côté pour se rejoindre vers la cinquième assise. Ces voûtes, dont la largeur dépasse rarement trois mètres, trois mètres cinquante, étaient simplement dégrossies à l'intérieur et masquées par un plafond en bois travaillé ; mais quelquefois la voûte, destinée à être vue, était polie et sculptée en courbe ogivale. A l'extérieur, les pierres d'assises étaient taillées de manière à obtenir des toits bombés paraissant formés d'immenses tuiles creuses.

Les chaussées, accédant à l'édifice ou reliant ses différentes parties, souvent d'un fort relief au-dessous du sol, formant même quelquefois des ponceaux supportés par de basses colonnettes rondes, étaient dallées, bordées de parements et de balustres soutenant le corps du serpent à têtes multiples et décorées aussi de statues de lions (1). Elles s'étoilaient souvent en belvédères cruciformes.

E. Aymonier, *Le Cambodge*, t. I, p. 113-114.

L'art cambodgien.

Cet art extraordinaire, qui racheta une certaine inexpérience dans la construction des grands édifices par la possession parfaite d'une science mécanique dont le secret nous échappe, mais dont les efforts colossaux sont

---

(1) Les chaussées qui traversaient le bassin-fossé d'Angkor Thom mesuraient une quinzaine de mètres de largeur. « Le mur de soutènement latéral, dont il reste quelques fragments, y était terminé par une forte assise de latérite qui soutenait une suite de dalles de grès ; elle formait le support de l'énorme balustrade en corps de nâga (serpent à plusieurs têtes), soutenu par des devas (dieux) d'un côté, des asuras (démons) de l'autre. A la porte Sud, un certain nombre de ces débris ont été remontés des pentes de la chaussée et replacés sur les côtés de la route, juste au-dessus du point où ils furent ramassés : c'est ainsi que du côté Est réservé aux asuras, on peut voir se dresser six têtes de devas qui appartenaient à la rangée Ouest. » (*Bulletin de l'École française d'Extrême-Orient*, t. XXI, p. 116.)

attestés par la masse des énormes pierres (1) enlevées à des hauteurs prodigieuses, fut incontestablement une forme originale du beau. Il produisit des monuments grandioses, remarquables par l'unité, la correction et l'immensité du plan, la conception hardie de l'ensemble, la perfection harmonieuse de l'ordonnance générale et des parties, la préoccupation constante des effets les plus imposants et les plus majestueux de la perspective, effets dus principalement à la forme pyramidale largement assise sur ses bases, jamais grêle, s'élevant par d'habiles gradations en dissimulant la force sous la grâce. Cette architecture puissante confond l'esprit par sa grandeur, le distrait, sans jamais le lasser, par l'inépuisable variété de ses éléments et de leurs combinaisons ainsi que par la merveilleuse entente de la grande décoration (2). Le talent presque parfait, le goût irréprochable et la patience persévérante des artistes répandirent en profusion extrême des fines sculptures, des ornements fouillés, délicats et achevés dans les galeries sim-

---

(1) Le grès était employé presque exclusivement dans tous les temples importants, tout au moins pour la maçonnerie apparente ; mais dès que l'épaisseur d'un mur dépassait une certaine dimension, les parties internes étaient constituées par un blocage en latérite. Le grès ressemble à de l'argile séchée ; d'un gris légèrement bleuté et parfois d'un jaune un peu rosé, il est très tendre et très friable. Il a été extrait du Phnom Koulen, situé à une quarantaine de kilomètres au Nord-Est d'Angkor. La latérite est un peroxyde de fer d'un beau ton rouge, à surface rugueuse, très répandu dans le sous-sol du Sud de l'Indochine. (D'après H. Marchal.)

(2) « Je ne crois pas, écrit M. H. Marchal (*op. cit.*, p. 26), qu'aucun peuple ait poussé aussi loin que les Khmèrs la prodigalité des détails ornementaux tout en conservant une science de composition, une perfection de symétrie, un savant équilibre des masses qui les empêchent de tomber dans la confusion et le désordre. Que l'on prenne au hasard un fragment décoratif si touffu, si dense qu'il paraisse au premier abord, on pourra toujours le ramener à un schéma directeur, très simple et dont le tracé a précédé la sculpture des détails : malheureusement il arrive parfois que ce tracé directeur a été trahi par la mauvaise exécution ou le manque de soin de l'artisan à qui il a été confié. Ce qui fait la particularité de la décoration ornementale khmère, ce en quoi elle se différencie nettement de l'art ornemental hindou, c'est le mélange d'analogies avec les motifs décoratifs de toutes les époques et de tous les pays qu'on peut y relever. Pour l'artiste qui analyse le décor khmèr, les rinceaux, les volutes et entrelacs sculptés sur les murs des temples évoquent l'imagination des artisans gothiques, les dons d'harmonie et de charme des Grecs, unis à l'exubérance et à la richesse de l'Orient. Les méandres de l'art arabe, les profils dentelés de l'art médiéval, les séries de pendeloques entremêlés de figures de l'art grec ou romain et même les fantaisies flamméolées du rococo ou les lignes solennelles de l'art de Louis XIV, tout cela se retrouve dans le décor khmèr sans, bien entendu, qu'il s'agisse d'influence entre ces différents pays ou ces différentes époques. Et dans ce cadre si merveilleusement refouillé surgissent sur les murs d'exquises figures féminines, devatâs au buste couvert de bijoux et coiffées de tiares étranges. »

ples et imposantes, dans les voûtes ogivales des grandes tours étagées, sur les terrasses, dans les édicules, sur les nobles portiques, péristyles et perrons, décoration dont les effets clairs ou sombres s'harmonisaient à merveille avec la lumière éclatante et la végétation luxuriante des tropiques. La correction du plan, l'harmonie des parties, l'élégance de l'ornementation constituent l'originalité de ces travaux prodigieux, mélange de naïveté et de science, de force et de mièvrerie comparables en somme aux grands chefs-d'œuvre de l'Occident. Le génie et la force de l'homme se surpassèrent dans le but de célébrer dignement sa foi et d'exciter l'admiration des générations futures.

Incontestablement indienne d'origine, l'architecture cambodgienne, comparée aux grands monuments de l'Inde, présente des distinctions importantes qui sont presque toutes des supériorités, en ses dômes élevés cylindro-coniques, ses galeries voûtées et ogivales, ses majestueux perrons extérieurs, sa décoration fine, nette et régulière. Aux styles des temples indiens elle ajoute encore des piliers presque classiques par le dessin et des bas-reliefs d'un caractère presque égyptien. Mais elle n'atteint pas les énormes entassements de gigantesques monolithes qui distinguent l'architecture des bords du Nil: pas plus qu'elle ne donne l'impression de force, de solidité, de durée des grandes constructions romaines. Son ordre unique, et les formes complexes et tourmentées de quelques-uns de ses éléments l'éloignent sensiblement des grandes œuvres classiques du bassin de la Méditerranée aux surfaces calmes et aux colonnades majestueuses. Néanmoins l'harmonie de son ensemble, la claire distribution de ses parties et l'élégance de son ornementation ramènent la pensée vers la classique architecture grecque, tandis que ses timides ogives font songer à notre moyen âge que rappelle encore davantage son ornementation, supérieure peut-être par les détails variés de ses oves, rosaces, acanthes, rinceaux, griffons, dragons, monstres mythologiques et candides figures d'adorateurs pieusement agenouillés.

E. Aymonier, *Le Cambodge*, t. I, p. 119-120.

Le torrent de Tuk Chha.

Nous arrivons enfin à Tuk Chha ou aux ruines de Bos Pra Nân, mon site de prédilection bien avant de savoir que les anciens Khmèrs lui avaient donné, à bon droit, le nom de *Ramani*, «Plaisance».

Joli pays, en effet, admirablement choisi, à une petite lieue au-dessous des nombreuses sources du torrent qui, d'un débit toujours égal, sauf de rares et passagers débordements à la suite de grandes pluies, roule, hiver comme été, la même quantité d'eau claire et limpide; tantôt il bruisse et murmure avec gaîté, sans fracas, sur les pierres noircies; tantôt il se repose paresseusement dans les endroits profonds que les Cambodgiens appellent *ânlong*, mot dont je ne vois pas l'équivalent en français, mais que certains de nos patois traduiraient par le mot *goeille*, d'origine celtique, je crois.

Le torrent s'attarde surtout dans l'intérieur des remparts qu'il parait quitter à regret, de même que le touriste. Il y entre un peu au-dessous du bastion Nord-Est, en glissant rapidement sur des rochers plats et lisses, et tourne immédiatement à gauche pour longer le rempart oriental, décrit un coude au Nord, traverse la ville et revient de nouveau au Sud en longeant le rempart occidental, sort enfin de la ville en reprenant sa direction générale à l'Ouest et roule sur les pierres de Tuk Chha, rendez-vous des populations des villages environnants qui viennent des deux provinces de Baraï et de Chœung Préy, dont le torrent forme la limite, célébrer en avril, les jeux et les réjouissances de la fête antique et populaire du nouvel an.

La superficie déjà considérable qu'occupait le cours d'eau dans l'intérieur de la ville, parait avoir été augmentée par des bassins artificiels, conclusion que je tire de l'aspect de certains lieux marécageux, près des rives, et de l'exhaussement disproportionné d'une partie des remparts vers le Nord.

De même que toutes les eaux profondes des torrents de ces pays, c'est un repaire de crocodiles, qui grimpent lourdement prendre le soleil sur le rempart voisin; leurs places y sont marquées en quelque sorte. Ces amphibies gênants ne sont pas à craindre dans les rapides, où ils ne s'aventurent pas; l'homme peut y prendre en toute sécurité des bains fort agréables.

A l'endroit où le torrent, après avoir longé le rempart occidental du Nord au Sud, tourne brusquement à l'Ouest pour sortir de la ville, il alimentait un canal qui descendait au Sud, continuait la direction du cours d'eau, pour ainsi dire, et traversait le rempart un peu au-dessus du bastion Sud-Ouest, au moyen d'une écluse en *bai kriem* (1), avec passage pour les éclusiers à un niveau plus élevé. Ce canal, aujourd'hui à sec, bien entendu, allait arroser jusqu'aux rizières de Srok Krauch, à deux ou trois lieues au Sud. . .

E. Aymonier, *Recherches et mélanges sur les Chams et les Khmers*, p. 27-28. (Saigon, Impr. du Gouvernement, 1881.)

Combats de coqs à Phimai.

Au Cambodge, au Siam, ces combats qui passionnent les populations ont lieu partout de même, à peu près. Mais à Phimai, il était plus facile d'en étudier tous les raffinements. A l'ombre des grands arbres, un cercle de treillis de bambous de la hauteur du genou, enclot un champ de bataille de trois à quatre mètres de diamètre. Une sorte de clepsydre, tasse de métal percée et posée sur une jatte d'eau où elle s'enfonce lentement, sert à indiquer la durée de chaque reprise. Une quinzaine de fiches, petites lamelles de bambous enfilées, retirées une à une après chaque reprise, indiqueront en combien de passes un coq en met un autre hors de combat. Une sorte de petite crécelle proclame l'entrée en scène ainsi que le résultat final. Les coqs de combat, à courte crête, de grande taille, les plumes de la tête et du cou remplacées par une peau rouge et lisse qui se montre aussi par plaques sur le corps, se laissent prendre, manier, caresser, et ne sortent de la torpeur qui leur est habituelle que lorsqu'on les met en face d'un congénère ; alors ils se redressent fiers, menaçants et se précipitent l'un sur l'autre, cherchant avant tout à saisir du bec la crête de l'adversaire pour le taillader à coups d'ergots. On les saisit pour les soigner sitôt que le clepsydre marque la fin de la reprise. Ils sont lavés à l'eau fraîche, palpés, massés ; une plume enfoncée dans leur gorge, dans leur œsophage, nettoie les mucosités, facilite la respiration. On leur ingurgite une ou deux boulettes de riz. Avec des chiffons humides et chauffés à des tessons retirés du feu, on réchauffe doucement la tête en l'enve-

(1) *Bai kriem* « riz grillé » : latérite ; cf. *supra*, p. 34, n. 1.

loppant. Souvent, quand le coq menace de faiblir, son médecin frotte les tessons de chaux et de curcuma pour en imprégner les chiffons qui enveloppent le corps du volatile. Celui-ci se laisse faire, inerte, inconscient, absorbé par l'ardeur du combat. Sa tête couverte de caillots de sang, ses paupières gonflées par les coups reçus, exigent des soins plus barbares. A coups d'aiguille et à coups de couteaux faisant l'office de bistouris on perce les plaies, on vide les caillots de sang, on les suce pour décongestionner la tête, empêcher les étourdissements. Les paupières gonflées et entamées sont cousues avec une aiguille et rabattues vers le bas pour maintenir l'œil grand ouvert. Et le combat reprend de plus belle, passionnant, pendant des heures, les parieurs et les simples spectateurs, jusqu'à ce qu'il soit bien décidé qu'un des coqs a incontestablement le dessous. Aveuglé, assommé, ensanglanté, il ne peut plus se défendre et n'offre plus qu'une proie inerte aux faibles coups de bec, de patte d'un vainqueur gravement endommagé lui-même.

E. Aymonier, *Voyage dans le Laos*, t. II, p. 97-98 (Paris, E. Leroux, 1897.)

La pagode du mont Chisor.

Le plus curieux monument est la pagode du mont Chisor, située sur le flanc oriental de la montagne sur un petit plateau à une trentaine de mètres en contrebas du sommet, à une centaine de mètres au-dessus de la plaine. C'est une enceinte, à galeries couvertes en pierre de Biên-hòa, mais les portes, les couronnements sont en grès partout recouvert de riches sculptures. Cette enceinte, d'une cinquantaine de mètres de côté, s'avance jusque sur le bord du plateau. Elle renferme plusieurs édicules en briques et une voûte ogivale très épaisse en briques; c'est le sanctuaire, bordé des deux côtés par des galeries à ciel ouvert aux piliers en pierre de Biên-hòa très massifs. Un escalier gigantesque en pierre de Biên-hòa descend sur le flanc de la montagne; sa pente très raide en haut s'adoucit en suivant le contour de la colline. Il a 7 à 8 mètres de largeur et compte environ 380 marches. Au pied de cet escalier, là où la plaine commence, un édicule en forme de croix est appelé Khsen thmol; et à 8 ou 900 mètres plus loin un autre édicule exactement pareil est appelé Khsen Rovcang. Ce sont des galeries à ciel ouvert se coupant à angle droit, percées de nombreuses ouvertures. Au-delà, à 1000 ou 1200 mètres de la montagne, une vaste mare artificielle est appelée Tonlé Om « le lac à pagayer », nom qui indiquerait que ce bassin avait été creusé pour servir aux joutes. Le sanctuaire, l'édifice tout entier, le grand escalier, les deux Khsen et la mare, tout est sur un même axe qui, au temps de la prospérité, était probablement une voie bordée de maisons; aujourd'hui les bambous, les broussailles ont tout envahi.

E. Aymonier, *Géographie du Cambodge*, p. 43-44, (Paris, Leroux, 1876.)

La région d'Angkor.

Angkor, cette province actuellement peu importante peu peuplée, vit autrefois la splendeur de la capitale dont elle a conservé le nom. Aussi les ruines les plus remarquables, témoins silencieux d'un passé glorieux, sont-elles accumulées dans cette région presque déserte aujourd'hui.

Le chef-lieu actuel de la province est Siêm-réap, forteresse en pierres de Biên-hòa, où réside le gouverneur, centre commerçant d'une certaine importance.

A quelques kilomètres au Sud de Siêm-réap, le Phnôm Krom « mont inférieur »(1), sur le bord du Lac, présente une colline grise et pelée dont la croupe allongée et arrondie se relève du côté du lac en dôme couvert d'une crinière d'arbres rabougris. Au milieu de ces arbres se dressent trois tours massives en grès. Cette colline devient une île lors de l'inondation. De son sommet la vue domine le Lac qui s'étend à perte de vue dans la direction du Sud-Est, tandis qu'à droite la ligne de palétuviers qui marque la limite du bassin lors de l'étiage, décrit un arc de cercle immense vers la province de Battambang. En se tournant vers le Nord, l'œil, d'abord

(1) Phnom Krom, « montagne en aval », colline isolée au milieu d'une grande plaine, est situé à 5 km. 500 au Nord du Grand Lac et à une quinzaine de kilomètres au Sud, un peu Ouest d'Angkor Vat.

arrêté sur Siêm-réap (1), sur ses rizières, sur sa ceinture de palmiers à sucre au tronc élancé couronné d'un bouquet de verdure que forment quelques feuilles semblables à deux éventails déployés et accolés, se perd ensuite sur la forêt sombre et immense coupée çà et là d'éclaircies, de petits lacs. En un point presque imperceptible, le doigt du guide indigène indique les cinq grandes tours d'Angkor Vat et la saillie recouverte d'arbres du mont Bakheng (2). Au loin, perdus dans le ciel gris et nuageux, les contours indécis des Phnom Koulên (3), limitent cet horizon, théâtre d'une phase brillante dans la marche de l'humanité, phase sans histoire, mais non sans témoins, interrogés avec ardeur par les enfants de la France et qui un jour, prochain peut-être, livreront leurs secrets.

Siêm Réap est situé à peu près sur la limite de l'inondation; le terrain se relève relativement d'une manière assez rapide. De ce point, on suit, allant au Nord, une route sablonneuse qui s'enfonce dans une forêt de grands arbres. Après une heure de marche, on atteint une petite esplanade en pierres, avec des lions sculptés à chaque angle. De cette esplanade part, vers l'Est, une longue chaussée dallée de larges pierres, dominant une mare profonde et creusée avec la plus grande régularité. Perpendiculairement à la direction de cette chaussée, se dresse à son extrémité, un mur d'une grande longueur, surélevé en galeries et colonnades, vers son milieu, percé de portes monumentales et surmonté par plusieurs tours. C'est le mur, les galeries, colonnades, portes et tours de la première enceinte.

---

(1) M. H. Marchal, dans son *Guide archéologique aux temples d'Angkor*, a attiré l'attention sur un paysage « tout à fait délicieux et qui a toujours réuni les suffrages des nombreux artistes qui l'ont vu : c'est la rivière traversant le village de Siemreap et que la route qui conduit au Phnom Krom et au Grand Lac longe pendant près de dix kilomètres. Cette rivière aux méandres capricieux et ombragés de belles touffes de bambous, aux rives toujours verdoyantes, présente un charme incomparable ; je ne crois pas qu'on y puisse rester insensible lorsqu'on la suit, soit aux heures matinales quand le soleil commence à percer les frondaisons, soit au crépuscule quand l'ombre répand son mystère parmi les palmeraies et que l'eau recueille les dernières clartés du jour. Paysage unique, je crois, au Cambodge et qui peut rivaliser avec les plus beaux de Ceylan. »

(2) Le Phnom Bakheng, situé à 300 mètres au Sud d'Anglor Thom, est un massif rocheux dominant la plaine environnante d'une hauteur de 65 mètres ; un monument y a été élevé, analogue comme style à ceux qui surmontent le Phnom Krom et le Phnom Bok.

(3) Le Phnom Koulen est un grand plateau rocheux à 35 kilomètres environ de Siemreap. Cf. V. Goloubew, *Le Phnom Koulen* (Cahier de la Société de Géographie de Hanoi).

Mais (nous en demandons humblement pardon à Mouhot), ce n'est pas de cette esplanade que l'esprit reçoit la plus forte commotion en face de ce gigantesque travail des enfants des hommes. Il faut traverser cette chaussée, pénétrer sous la voûte de la porte monumentale du mur de la première enceinte, en surmontant la répugnance qu'inspirent l'odeur fade des chauves-souris suspendues à la voûte et la vue de la couche de boue qu'elles ont accumulée sur le sol, et déboucher dans l'enceinte. Alors, à l'aspect d'une seconde avenue immense pavée de larges dalles de grès, bordée de parapets, dragons qui relèvent leurs neuf têtes (1); des deux gracieux édicules qui se dressent aux deux tiers de l'avenue et, à son extrémité, de l'énorme déploiement de murs, de colonnes, de galeries; à l'aspect du portique grandiose au delà duquel s'étagent, suivant les lois d'une admirable perspective, une succession d'arêtes ogivales, sur lesquelles paraît s'élever la tour centrale, le sanctuaire qui couronne et domine tout le monument, escortée de quatre autres tours semblales et presque aussi élevées, et encore de quatre autres plus éloignées et plus basses; alors, si étranger que l'on soit aux merveilles de l'art architectural, on reste frappé d'une surprise, d'une admiration écrasantes, quelque prévenu que l'on puisse être par les récits des devanciers sur la grandeur du spectacle. Ajoutez l'indescriptible émotion produite par le sombre manteau de solitude et d'abandon qui recouvre ces ruines; dans leur morne langage, par leurs larmes muettes, silencieuses, mais frappantes, ces filles de l'homme accusent le père dénaturé qui les livre inertes, impuissantes aux outrages du temps impitoyable, d'une nature active et acharnée à leur destruction. Nous devons l'avouer, les bas-reliefs si vantés à juste titre, les gracieuses arabesques des colonnes massives ne purent exciter notre enthousiasme. Mais, revenant en face du monument, avançant et reculant sur la chaussée, l'œil toujours fixé sur cette montagne de pierres entassées avec un étonnant génie, nous ne pouvions nous lasser de la contempler, en changeant le point de vue pour diversi-

(1) *Nâga* (cobra Capellos). « L'épanouissement des cinq, sept, neuf et parfois onze têtes en forme d'éventail, est d'une courbe sculpturale magnifique dont la silhouette d'ensemble rappelle le motif de la palmette si fréquent dans le décor méditerranéen. » (H. Marchal, *op. cit.*, p. 17).

fier les aspects d'une perspective toujours admirable dans ses détails comme dans son ensemble(1).

E. Aymonier, *Géographie du Cambodge*, p. 54-56.
(Paris, Leroux, 1876.)

Angkor Vat.

L'ampleur de l'espace entre les enceintes, la grandeur du développement des galeries, la perfection des détails, toutes les beautés du temple plan, s'accordent ici avec la masse pyramidale, élégante et solide, aux assises admirablement proportionnées, qui atteint son apogée. Tous les dômes se détachent séparément dans les airs.

Vu de n'importe quel point, le temple laisse une impression profonde. L'ensemble est saisi de loin à l'arrivée: quand le voyageur débouche de la forêt, vers la grande chaussée occidentale, il est séduit et stupéfait. Au delà des vastes et profonds bassins que traverse le pont de pierre, l'horizon entier semble barré par les longues galeries, les colonnades et les portiques. Plus loin, plus haut, s'étagent, en perspective saisissante, d'autres toits de pierre que couronne le massif central, gigantesque piédestal des cinq hautes tours terminales. Dans leur éternel silence, ces tours reflètent le soleil des tropiques et se profilent sur l'azur du ciel resplendissant de lumière.

La décoration du temple était digne de cet ensemble grandiose. Partout étaient prodigués les lions sur les

---

(1) Il n'est pas inutile de rappeler ici les réflexions de Volney, datées de 1791 : « Ici fleurit jadis une ville opulente ; ici fut le siège d'un empire puissant. Oui ! ces lieux maintenant si déserts, jadis une multitude vivante animait leur enceinte ; une foule active circulait dans ces routes aujourd'hui solitaires. En ces murs où règne un morne silence retentissaient sans cesse le bruit des arts et les cris d'allégresse et de fête : ces marbres amoncelés formaient des palais réguliers ; ces colonnes abattues ornaient la majesté des temples ; ces galeries écroulées dessinaient les places publiques. Là pour les devoirs respectables de son culte, pour les soins touchants de sa subsistance, affluait un peuple nombreux. Et maintenant voilà ce qui subsiste de cette ville puissante, un lugubre squelette ! voilà ce qui reste d'une vaste domination, un souvenir obscur et vain ; au concours bruyant qui se pressait sous ces portiques a succédé une solitude de mort. Le silence des tombeaux s'est substitué au murmure des places publiques. L'opulence d'une cité de commerce s'est échangée en une pauvreté hideuse. Les palais des rois sont devenus le repaire des fauves ; les troupeaux parquent au seuil des temples, et les reptiles immondes habitent les sanctuaires des dieux !... Ah ! comment s'est éclipsée tant de gloire ; comment se sont anéantis tant de travaux !... Ainsi donc périssent les ouvrages des hommes, ainsi s'évanouissent les empires et les nations ! ».

paliers des escaliers et les serpents polycéphales en bordure des avenues. Les toitures des galeries s'ondulaient en forme de tuiles, et leurs crêtes se hérissaient de milliers d'épis sculptés, aujourd'hui disparus. Partout les moulures étaient riches, les sculptures élégantes; les tympans profondément fouillés en sujets de la légende de Vishnou (1). Telles de ces pièces sont parfaites d'exécution et très bien conservées. Sur les parois, par centaines, encastrées dans des niches, les nymphes célestes — abstraction faite de leurs pauvres pieds difformes — offrent au regard les rondeurs attrayantes de leur poitrine et la profusion de leurs bijoux et ornements (2).

E. Aymonier, *Histoire de l'ancien Cambodge*, p. 150-151. (Strasbourg, Imprimerie du Journal de Strasbourg.)

---

(1) Vishnou, dieu brahmanique, protecteur de l'univers. On le voit représenté à Angkor tantôt sous la forme d'un sanglier, tantôt sous celle d'un lion, tantôt sous celle d'une tortue. Toutefois, d'après M. H. Marchal (*op. cit.*, p. 13), la sculpture en ronde bosse ne nous offre guère que le Vishnou debout à quatre bras tenant dans ses mains l'épée, la massue, le disque et la conque. Dans les bas-reliefs, il apparaît le plus souvent sur les épaules de l'oiseau mythologique Garouda, qui est sa monture habituelle. D'autres fois, on le voit allongé et dormant sur le serpent Çesha: de son nombril sort une tige de lotus sur la fleur duquel repose le dieu Brahmâ. Deux métamorphoses de Vishnou semblent avoir plus fréquemment sollicité le ciseau des tailleurs de pierres d'Angkor: Krishna, le bel adolescent, sauveur des hommes, qui soulève d'un seul bras une montagne pour mettre à l'abri de l'orage les bergers et les troupeaux, et Râma, le héros du *Râmâyana*, poème épique aussi populaire au Cambodge que dans l'Inde.

(2) Sur Angkor Vat « pagode de la capitale », on trouvera dans le *Guide archéologique* de M. H. Marchal, (Paris G. Van Oest, 1928), des détails intéressants autant qu'instructifs. Nul ne connaît mieux que le Conservateur du groupe d'Angkor les monuments négligés du touriste, les coins oubliés de l'historien, les sites inaperçus du peintre. Dans un style qui n'a rien de l'érudit et ne prétend pas à faire étalage d'information, mais dont la verve est très vivante et inspire confiance, il semble emmener avec lui son lecteur comme un compagnon de route, et diriger sa flânerie en l'instruisant sans en avoir l'air. Tout ce qu'il voit lui devient texte à rappel d'histoire, à évocation d'art et de littérature, à rapprochement pittoresque. Mais une qualité, un don si l'on veut, empêche son discours de devenir pédant et fatigant, c'est son amour du beau. On le suit passionnément épris des belles choses, de toutes les belles choses, antiquités ou nature, art ou vie, et il sait rendre communicative sa chaleureuse passion, peut-être avec de bien grands mots parfois, pas toujours avec assez de simplicité, mais avec éloquence en tout cas. Cette terre prodigieuse qu'est la région d'Angkor lui a fourni la matière d'un beau livre, plein de flamme et très documenté d'ailleurs, qui, soit par lui-même, soit par une abondante illustration photographique, donne en tous points le dernier mot sur cette terre si attirante et si pleine de souvenirs, si pleine d'art et de caractère. Des plans très nets ont permis à son récit de tout passer en revue, et l'on ne saurait rêver guide plus commode et mieux renseigné.

Les cataractes de Khône.

En amont de Stung Trêng, la navigation du Grand Fleuve[1] est plus pénible que de Krachéh : les jonques remontent en suivant des bras qui coulent au milieu de véritables forêts, et souvent il faut couper à coups de hache les troncs morts tombés en travers et arrêtés par les arbres. Dans cette partie du fleuve, très déserte, les pirates ne manquent pas.

En s'arrêtant sur la rive droite, à Prah Angkeal, l'un des principaux centres de la province de Tonlé Ropou, le mugissement sourd et continu des cataractes de Khône à quelques lieues de là, se fait entendre toute la nuit lorsqu'on est sous le vent.

De Prah Angkeal, on continue à remonter à la gaffe en suivant la rive droite. La région des cataractes commence à une pointe de rocs dangereuse à doubler même en tirant à la cordelle. D'autres roches noires, en cet endroit, sortent du milieu des flots jaunâtres. Le fleuve paraît large, quoique l'on n'ait sous les yeux que le bras occidental qui n'est même pas le plus important.

Cette pointe doublée, on remonte encore en suivant la rive jusqu'à 1.000 ou 1.200 mètres plus haut.

La barque est lancée à travers le fleuve ; tout l'équipage fait force rames pour aborder la rive de l'île Khône, bien en aval du point de départ de la traversée. On remonte à l'Ouest de l'île un chenal peu large entre Khône et d'autres îles. Le courant est violent, il faut souvent haler les jonques au câble.

Au bout d'une heure, on aperçoit devant soi une masse imposante d'eaux tumultueuses et bondissantes. C'est l'issue commune de quelques-unes des cataractes à l'Ouest de Khône.

La navigation finit un peu au-dessous, vers une petite plage de sable que protège une pointe de rocs. L'eau,

(1) Le Mékong.

(2) « Sur une longueur de 200 kilomètres environ, c'est-à-dire de Khône Sud à Kratié (Cambodge), le bief n'est navigable pour les chaloupes à vapeur qu'aux très hautes eaux (juillet à octobre), et, en toute saison, sur un parcours moindre, de Khône à Stung Treng. A partir de Kratié et jusqu'à la mer, la navigation peut avoir lieu en vapeur toute l'année. Des travaux importants ont été faits avec succès pour améliorer les conditions de la navigation sur le Mékong, mais elle n'en offre pas moins une vive difficulté. Ici, elle est interrompue par des seuils infranchissables ; là, on est arrêté par la *rapidité du courant* ; ailleurs, c'est l'absence d'eau ou la présence de sable qui forment obstacle. Bref, le Mékong est un fleuve capricieux, offrant, à côté de quelques magnifiques biefs où la navigation à vapeur est facile, des rapides qui la rendent dangereuse, parfois impossible. » (L. de Reinach, *Le Laos*, p. 69.)

violemment tourmentée, imprime des secousses continuelles aux câbles des jonques qu'il faut avoir soin de doubler en ajoutant d'autres câbles de sûreté.

De cette plage appelée Thasaï Snam, une route praticable aux charrettes conduit au village de Khon où recommence la navigation, à 1.300 ou 1.400 mètres de là. En suivant cette route sous bois, on entend continuellement le mugissement des cataractes sur la gauche, mais ce ne sont que les moindres par où tombe l'eau des petits bras intermédiaires. Les deux principales cataractes sont vers les rives, à une grande distance l'une de l'autre.

L'occidentale est appelée Prah Mit; l'orientale, Prah Préng, a, selon les indigènes, environ 400 mètres de largeur. Lorsque les eaux sont très hautes, les jonques complètement déchargées peuvent descendre et remonter le Prah Préng. Les pertes de jonque, les noyades de Laotiens n'y sont pas rares.

L'unique chute que j'aie vue, entre Thasaï Snam et le village de Khon, d'un volume peu considérable, mesurait 3 à 4 mètres de hauteur.

Le village de Khon, au Nord-Ouest de l'île, est sur le bord d'un petit bras assez semblable à un gros bief de moulin, et le mugissement d'aval complète l'illusion.

De Thasaï Snam à Khon, les bagages sont transportés par terre; le village sous les ordres d'un petit chef, le Banha Vichit, fournit les porteurs et deux ou trois mauvaises charrettes à buffles, et prend en payement un lingot de fer par picul de marchandises, soit la valeur d'une ligature de sapèques pour trois piculs. Le village de Khon compte une quarantaine de cases et une cinquantaine d'inscrits, bonnes gens, tous laotiens. Au Sud, derrière le village, s'étendent de jolies rizières.

E. Aymonier, *Notes sur le Laos*, p. 39-40.
(Saigon, Imp. du Gouvernement, 1885)

Les monts Dangrêk.

A deux jours vers l'Est du phlau [1] Srah Chêng, est un autre sentier de piétons, le phlau Chomtup Péch, qui conduit du district de Phakonchhai, dans la province de Koral, à celui de Svai Chêk, province de Battambang.

A l'Est du phlau Chamtup Péch, ou du pic de ce nom, les Dangrêk n'offrent plus l'apparence de monts vers le

(1) Passage.

Nord, où la terrasse supérieure vient jusqu'au bord du mur de grès qui la soutient suspendue sur la vallée du Grand Lac.

Et dans toute la région des monts Dangrêk, s'étend une sombre et haute forêt interceptant complètement les rayons du soleil. Pendant une journée entière, le voyageur marchera dans une ombre lugubre qui pèse comme un cauchemar, n'apercevant que les gros troncs d'arbres, gigantesques colonnes qui supportent la voûte impénétrable; le sol est couvert de petits arbustes. En sortant de cette obscurité, quelle que soit la chaleur, c'est avec joie qu'il saluera les rayons du soleil.

Cette sorte de forêts est rare en Indochine, où dominent les forêts claires des arbres à essences résineuses; où le soleil pénètre dans l'intérieur de la plupart des forêts épaisses.

La forêt sombre des monts Dangrêk est traversée par le phlau Ta Mean, sentier de piétons, qui conduit de Sourén à Svai Chêk, dans la province de Battambang. Ce phlau Ta Mean, à trois lieues à l'Ouest du grand passage de Chup Smach, est très fréquenté par les voleurs, qui y font passer les bestiaux volés.

Chup Smach «Source de l'arbre Smach», appelé par imitation et corruption, Chhang Smet par les Siamois et les Laotiens, est le grand passage des voitures et des caravanes de bestiaux descendant du Laos au plateau du Grand Lac et à Bangkok.

Tous les mường laotiens de l'Est et du Nord-Est envoient leur impôt par cette voie.

Chup Smach est à peu près droit au Sud de Sourén, à deux journées de marche. Le dernier centre de la province de Sourén est le Phum Bak Day, à deux lieues de la descente de Chup Smach. Près de ce village est un poste de police installé en pleine forêt par le gouverneur de Sourén.

La descente commence au Ruot loeu «le gradin supérieur»; au-dessous est une terrasse que longe la route qui tourne vers l'Est, et, de distance en distance, on aperçoit sur sa droite des échappées de la plaine au loin. De temps à autre la route est encaissée; les pierres sont de grès rouge; c'est la pierre de la montagne.

Au-dessous de Ruot loeu, après vingt minutes de marche sur cette terrasse peu inclinée, on aperçoit, à quatre-vingts mètres à droite de la route, une mare qui a toujours de l'eau, c'est Trapeang Chhuk Ang. De ce point, un sentier de piétons peut conduire directement au plateau supérieur par la traverse.

Un peu plus loin est le deuxième gradin, le Ruot Treang (nom d'arbre), où se trouve un puits dont l'eau ne manque jamais.

De ce Ruot Treang un sentier de traverse conduit directement au bas de la pente. Ce sentier et celui de Trapeang Chhuk Ang, qui en est pour ainsi dire le prolongement, permettent aux piétons d'abréger beaucoup le trajet.

Une ancienne route, aujourd'hui presque abandonnée, appuyait un peu plus à l'Est, où le même degré est appelé Ruot Srey Srenoh «le gradin ou l'étage des regrets de la fille».

De ce dernier point, la vue est très dégagée sur la plaine, où surgissent tous les pics et mamelons disséminés dans les provinces de Sisophon, Battambang, Phnom Srok, Chongkal et Siem Réap.

Ce nom de Srey Srenoh est expliqué par la légende d'une jeune fille enlevée par son amant et un ami. Le trio s'arrête en ce lieu, l'amant chante, l'ami joue de la flûte, et la fille regarde le paysage à perte de vue qui reporte sa pensée vers ses parents, au loin, là-bas. Elle s'attendrit, verse des l'armes, refuse de poursuivre sa route, et l'amant, furieux, la tue sur place.

Aujourd'hui, les Cambodgiens du pays d'en bas qui vont au Laos, se retournent avec émotion en cet endroit, et la légende aidant, ils songent à leur famille, si bien que, sans être enlevés le moins du monde, un peu de musique attendrissante les ferait facilement pleurer.

Au-dessous du Ruot Treang ou Ruot Srey Srenoh, la route, après avoir longé une terrasse pendant vingt minutes, atteint le troisième gradin appelé Ruot Soai (du manguier). Dix minutes plus loin est le Ruot Dey (de terre). Ensuite on traverse le petit aur Koki «ruisseau de l'arbre Koki», et enfin on atteint la cinquième et dernière descente, le Ruot Anchûn ou «gradin du transport», ainsi appelé parce qu'il exige le déchargement des bagages, le passage des voitures à vide. C'est le seul d'ailleurs, qui nécessite cette opération. Au-dessous est la plaine inférieure.

Ainsi donc le passage de Chup Smach compte cinq étages séparés par quatre terrasses intermédiaires, larges de 400 à 1.000 mètres environ. Du haut en bas, ces sont: 1° le Ruot loeu, 2° le Ruot Treang ou Srey Srenoh, 3° le Ruot Soai, 4° le Ruot Dey, séparé par la plus large terrasse du 5° le Ruot Anchûn. Le Ruot loeu a la plus grande dimension en hauteur (50 à 60 mètres); les autres ont à peu près une vingtaine de mètres chacun.

La descente est longue, la route se détournant souvent pour longer les terrasses, le flanc de la montagne; mais elle n'est pénible, en somme, qu'au Ruot Anchûn; partout ailleurs les hommes se contentent d'aider à retenir ou à pousser les charrettes. Avec peu de travaux, une voie ferrée passerait là. Le sol de la route est de sable rouge, mêlé de cailloux rouge brun, en grès ou *bai kriem.*

Au bas, dans la plaine, la route est encaissée; la terre, sablonneuse, est d'un blanc jaunâtre avec des cailloux noirs.

De Chup Smach on va: 1° au Sud-Est, à Prah Srok ou Phnom Srok, à trois jours de marche; 2° à Sisophon, à quatre jours au Sud-Sud-Ouest, en passant par le monument de Bantéai Chhmar, situé à peu près à mi-route de Chup Smach à Sisophon.

Le premier village au Sud, traversé par la route, est Trepeang Khpos, à trois lieues du défilé. C'est un village du district de Chongkal où est installé un poste de surveillance qui perçoit au profit du chau mương de Chongkal, un foeuong (40 centimes) par voiture de passage.

Dans cette région du Chup Smach croissent beaucoup d'arbres *koki, popél, reang* des montagnes. A une journée vers l'Est du Chup Smach est un sentier de piétons, le phlau Tuk Chol.

Plus à l'Est encore, à deux ou trois jours du phlau Chup Smach, droit au Sud du mương Suraphin, district de Sourén, un autre sentier conduit au village de Samrong, dans le district de Chongkal. C'est le phlau Daun Keo, où l'on peut, à la rigueur, faire passer des voitures en les transportant.

Au delà, à quatre jours à l'Est du Chup Smach, est le phlau Châm, au Sud, un peu à l'ouest de Sangkah, qui conduit soit à Entrekon au Sud-Est, soit à droite, à Samrong et Chongkal. De Sangkah, en une petite journée de marche, on atteint le Phûm Char. De ce village au phlau Châm il y a une demi-journée, et de la montagne à Chongkal on met trois jours, en passant par Samrong.

E. Aymonier, *Notes sur le Laos*, p. 80-83.

La coupe des cheveux au Laos.

Dans les grands centres de ces provinces au Sud du Moun, les cheveux sont coupés aux filles à onze ou à treize ans et aux garçons avant quinze ans. Mais cet usage doit être imité des Siamois et des Khmèrs. Toujours est-il qu'au mương Sourèn il présente des différences notables avec les cérémonies analogues usitées au Cambodge.

Les pauvres gens qui ne peuvent fournir aux dépenses de la fête ont simplifié la cérémonie d'une manière fort originale: ils font passer trois fois leur fille sous l'échelle de la case, ils lui rompent quelques cheveux sur un billot à coups de tranchant de pelle, et ils la rasent en famille, sans bonzes, sans invités.

Les riches, les fonctionnaires, après avoir cherché un jour propice, dressent un tréteau orné de feuilles de bananiers découpées en guirlandes à trois étages, et abrité par un dais d'étoffe blanche, ombragé par un parasol étagé. Les parents ont été invités.

La veille au soir, quatre bonzes viennent réciter des prières; le héros de la fête se prosterne devant le religieux et tient à la main une feuille de palmier *tenot*: sur cette feuille appelée « massue d'or » sont écrits quelques mots pâlis; le bout de la feuille est noué. Après les prières, l'orchestre joue jusqu'au matin.

Quatre bonzes viennent derechef apportant leur bol. Un *achar* ou maître laïque des cérémonies dispose sur un plateau placé sur le tréteau un couteau à manche de cristal, un *phtel* ou bol en métal *samrit*, une coquille marine et des ciseaux. Si besoin est, ces objets sont empruntés. Ils sont d'ailleurs rarement au complet.

Les jeunes sujets conduits par l'*achar* font le salut solennel du triple tour du tréteau, et ils montent y rejoindre les bonzes, dont les bols pleins d'eau ont été disposés aux quatre points cardinaux de l'estrade. Les bonzes coupent ou rasent quelques touffes du toupet des enfants que l'*achar* achève de raser. De l'eau est puisée dans les bols des bonzes avec la conque marine pour arroser un peu la tête des nouveaux rasés. Le *phtel* est ensuite employé pour les laver à grande eau.

Les enfants sont conduits sous le hangar élevé près du tréteau; ils s'asseyent vers le milieu, près d'une petite pyramide de feuille de bananiers, et d'étoffes blanches. L'*achar* récite des formules de bénédiction pour leurs esprits vitaux. L'assistance, assise en cercle autour, fait circuler le disque de métal appelé *popêl*. On noue aux poignets des enfants des fils de coton enduits de *romiet* ou curcuma, en les bénissant, en leur souhaitant bon heur et longévité. Les invités du festin font à la famille des cadeaux d'argent souvent fort considérables. La famille, de son côté, fait un petit cadeau d'arec et de bétel aux invités de distinction, et de gâteaux aux autres invités, même au peuple. Et elle prend soigneusement note de tous les cadeaux d'argent, afin de donner la même somme aux donateurs en pareille circonstance.

E. Aymonier, *Notes sur le Laos*, p. 226-227.

Le Cambodge, le Siam et l'Annam.

La puissance khmère ne se releva pas du coup que lui porta l'affranchissement des Siamois devenus des ennemis acharnés. Pendant longtemps encore la ville d'Angkor resta la capitale, bien déchue sans doute, et trop exposée aux incursions siamoises de plus en plus pressantes. Enfin, au XVe siècle, les rois du Cambodge l'abandonnèrent et se transportèrent à l'extrémité opposée du Grand Lac, à Bâbâur, dans l'Est de la province de Pursat. La chronique royale officielle, traduite sous la direction de M. de Lagrée, aride compilation de dates et de titres royaux sans cesse répétés, donne une faible idée de l'état de plus en plus misérable de ce malheureux pays. Au XVIe siècle, s'éloignant encore du Siam, ces princes se fixèrent au sud-est de Bâbâur, à Lovêk, où ils construisirent une vaste citadelle, entourée d'un planté impénétrable de bambous de quarante mètres de largeur. Cette défense n'empêcha pas la citadelle d'être prise, grâce, suivant la tradition, à un grossier stratagème. Les Siamois lancèrent dans les bombous, en guise de projectiles, des pièces d'or et d'argent et se retirèrent. Les Cambodgiens, pour les ramasser, s'empressèrent de faire place nette en coupant les bambous. Et les Siamois de revenir prendre la citadelle. Par contre, cette tradition se tait sur l'acte sauvage attribué par les Annales siamoises au conquérant Phra Naret.

Plein de fureur contre le roi du Cambodge par lequel il avait été attaqué au milieu d'une lutte pénible soutenue contre le Pégou, Phra Naret aurait fait le serment de se laver les pieds dans le sang de son ennemi, et aurait tenu parole. Les Cambodgiens qui ont connaissance de cette version, la tiennent de source siamoise, et disent que leurs propres traditions sont muettes à ce sujet.

A la suite de ce désastre et après de nombreuses pérégrinations, les rois khmèrs se fixèrent à Oudong, entre Lovèk et Phnom Penh, la capitale actuelle, qui, du reste, les reçut plusieurs fois.

Mais un nouveau voisin plus redoutable que le Siam, se levait à l'Est. Les Giao-chi, la race la plus tenace, la plus vigoureuse de l'Indo-Chine, avaient eu leur berceau au Tonkin. Bornés au levant par la mer, arrêtés à l'ouest par des montagnes et des forêts presque infranchissables, au Nord par la masse homogène et supérieure en civilisation du Céleste Empire, ils s'étendirent rapidement au sud, absorbant ou refoulant complètement un peuple d'origine malaise, les Chams, habitants du Ciampa de Marco Polo. Dès le milieu du XVIIe siècle, ils se trouvèrent en contact avec les Cambodgiens qui occupaient le delta du grand fleuve et le versant occidental de la chaîne cochinchinoise. Porter la guerre au cœur du Cambodge, traiter ses rois en vassaux, coloniser Biên-hòa et Saigon avec des Annamites et des Chinois, soutenir une bande d'aventuriers chinois jetés au loin en enfants perdus à Hà-tiên, sur le golfe de Siam, se faire céder et coloniser Vĩnh-long, instituer un vice-roi à Saigon pour surveiller ces vastes possessions, achever de prendre les bouches du fleuve, remonter s'établir jusqu'à Châu-dốc, se saisir de Bântéay Méas, Kampôt, Kompong-Som, c'est-à-dire de toute la côte maritime du Cambodge, voilà ce que firent les Annamites de 1658 à 1758.

L'antique Kâmpouchéa, dès lors, n'était plus que l'enjeu de la rivalité du Siam et de l'Annam qui, tantôt se prenaient directement corps à corps, tantôt entretenaient la guerre civile en soutenant des princes ambitieux et rivaux dont le malheureux Cambodge ne fut jamais dépourvu. Dans cette situation misérable, les cultures étaient abandonnées, le pays presque désert, le peuple si malheureux que les vieilles coutumes auxquelles il est le plus attaché se perdaient; même son fervent bouddhisme était altéré par des pratiques justement réputées odieuses aujourd'hui.

Les invasions siamoises étaient les plus désastreuses. Suivant le système de l'antique et barbare politique asiatique, ces cruels conquérants transportaient au loin, comme de vils troupeaux, les habitants qu'ils n'égorgeaint pas. Peu leur importaient les souffrances et les misères qui, pendant le trajet, faisaient périr la presque totalité de ces malheureux. Il faut actuellement aller chercher au Siam les manuscrits, légendes, satras, traditions qui n'ont pas été détruits. Les statues, les monuments, tout ce qui ne pouvait être emporté était brisé, abîmé avec une rage féroce dans laquelle entraient, avec l'instinct de la destruction, l'amer souvenir de l'ancienne servitude et la croyance sauvage que, avec ces nobles restes, objets d'un respect, d'une vénération inconsciente, seraient abattus l'antique génie de tout un peuple et l'espoir pour lui de retrouver le bonheur, la prospérité qu'il redemandait aux œuvres de ses fabuleux aïeux.

L'Annamite, avec moins de barbarie, mais avec plus de sûreté et de rapidité, faisait disparaître le peuple conquis. Son esprit envahisseur, secondé par le génie fiscal de ses administrateurs, appliquait, avec un égal succès probablement le même système qui lui avait si bien réussi au Champa. Raillés, méprisés, systématiquement frustrés, les Cambodgiens étaient punis avec sévérité lorsque, à bout de patience, ils se vengaient par ces actes sauvages qui sont le résultat naturel et certain de leur exaspération. Au commencement de ce siècle, ils avaient complètement disparu de Biên-hòa, de Saigon; vingt ou trente ans après, de Tân-an, Gocong, Bến-tre, Mocay. La conquête française arriva à temps, non pour arrêter, mais pour retarder l'absorption de ceux qui sont fixés à Tra-vinh et à Soc-trang (Bassac).

A la fin du XVIIIe siècle, en pleine révolte des Tây-sơn, le Cambodge était conquis jusqu'au Grand Lac. Néanmoins les Siamois, déjà possesseurs de vastes territoires cambodgiens, profitèrent des troubles de l'Annam pour mettre la main sur Battambang et Angkor. De son côté, Gia-Long, affermi sur son trône, accrut la prépondérance de l'influence annamite au point de réduire Ang Chan à un état complet de vassalité et de dépendance. D'où résulta la révolte du parti siamois dans lequel, naturellement, étaient entrés les princes du sang. Le gouverneur de Kompong Soai, le Déchou Ming, forcé de s'enfuir au Siam, céda à ce pays, de sa propre autorité, les provinces de Tonlé Repou et de Melû Préy, situées au nord du Cambodge, dans le bassin moyen du Mékong (1810).

A la mort d'Ang Chan (1832), les Annamites, enhardis par le succès, tentèrent de s'emparer de tout le Cambodge, mais ils furent chassés par les indigènes aidés par les Siamois. Après une lutte mêlée de succès et de revers, les deux puissances reconnurent le roi Ang Duong (1846) qui parut accepter la double vassalité du royaume vis-à-vis de Siam et de l'Annam, qualifiés officiellement de père et de mère du Cambodge.

Cette trève allait cesser à la mort d'Ang Duong (1860). Les occasions de faire éclater la guerre civile n'auraient pas fait défaut. L'objectif commun était la possession complète du Grand Lac et de ses pêcheries. L'issue finale, plus ou moins retardée, ne pouvait être douteuse, les Annamites s'affermissaient dans le delta dont la population augmentait rapidement; à ce peuple de bateliers le grand fleuve traçait une voie d'invasion facile et commode, mais un nouvel acteur fort inattendu entra en scène.

La France, en s'emparant des bouches du fleuve, arrêta la marche conquérante de l'Annam. Elle affranchit le Cambodge des prétentions siamoises, en faisant accepter son protectorat par un prince fin, intelligent, aimant les Européens.

E. Aymonier, *Notice sur le Cambodge*, p. 15 - 18.
(Paris, E. Leroux, 1875.)

Le Phnom Krom.

Le Phnom Krom «mont du bas, mont inférieur» qui s'appelait aussi jadis, disent les indigènes, le Phnom Krelas ou Kelas, peut-être pour Kailas, le mont mythologique séjour de Çiva, est un morne isolé qui domine le lac, dont la jungle marécageuse l'entoure de tous côtés sauf en une étroite presqu'île vers le Nord, où un réseau de chaussées artificielles le rattache aux plaines de Siem-Réap. Sa croupe arrondie, à double cime, allongée du Sud-Ouest au Nord-Est, couverte en son point culminant d'un bouquet d'arbres rabougris, prend, vue de loin, le profil d'un lion couché.

Du sommet de cette colline aux flancs généralement nus et arides et qui redevient une île au moment des hautes eaux, la vue s'étend à l'infini sur le Grand Lac, tandis qu'à droite la zone épaisse des arbres qui limitent le bassin d'étiage décrit un arc immense dans la direction de Battambang. Vers le Nord, l'œil, d'abord arrêté sur l'épais bouquet de borassus de la ville de Siem-Réap, se perd ensuite sur les grandes forêts sombres et interminables que coupent çà et là quelques clairières ou petits lacs. En un point presque imperceptible, le doigt du guide indigène peut indiquer les cinq grandes tours d'Angkor Vat et la saillie recouverte d'arbres du mont Bakhêng. Au loin, perdus dans le ciel gris et nuageux, les contours indécis des Phnom Koulên limitent cet horizon.

Pittoresquement située, sentinelle avancée de la grande capitale, cette butte devait infailliblement provoquer les travaux de ces infatigables constructeurs de temples qu'étaient les anciens Cambodgiens.

Une petite et insignifiante pyramide en briques fut construite au Nord-Est sur le sommet secondaire du mont. Un amas de briques indique encore une autre construction médiocre, plus loin, au point où la ligne de faîte s'abaisse entre les deux pitons.

E. Aymonier, *Le Cambodge*, t. II, p. 395-396.
(Paris, E. Leroux, 1901).

La rivière de Siem-Réap.

Très abondant en sources d'eaux vives, cet énorme massif de grès du Koulên paraît alimenter à lui seul la rivière de Siem-Réap. Du moins ne connaissons-nous pas d'affluent se jetant dans ce cours d'eau.

Près du village le plus oriental du plateau, une fontaine se déverse dans une mare d'où s'échappe un mince filet d'eau qui coule, paresseusement d'abord, dans la direction du Nord-Ouest. Mais bientôt le plateau se creuse progressivement en forme de berceau et de nombreux ruisselets, aux eaux gaies et claires, accourent de droite et de gauche, grossissent le filet primitif, le transforment en un torrent impétueux qui cascade bruyamment au fond du vallon boisé. Près de quitter le mont, ce torrent se heurte à un mur de grès qui lui fait faire de brusques circuits; il s'échappe enfin vers le Sud par une faille profonde et il tombe dans la plaine en chutes successives.

C'est dès lors la rivière de Siem Réap qui coule d'abord au Sud-Ouest en traversant des forêts à peu près désertes. Dès qu'elle atteint la région des grands monuments, un coude lui fait prendre pendant quelques kilomètres une direction à peu près droite de l'Est à l'Ouest, jusqu'au voisinage d'Angkor Thom où un autre coude brusque la fait couler du Nord au Sud à peu de distance des remparts de l'ancienne capitale qu'elle laisse sur sa droite. En maints endroits son lit met à nu les bancs de limonite du sous-sol. Elle passe derrière le grand temple d'Angkor Vat où ses berges, profondes de 6 mètres, écartées de 12, n'encaissent plus guère qu'un mètre d'eau en décembre. Elle s'élargit un peu en descendant vers Siem-Réap, ville qu'elle abreuve de ses eaux abondantes, en toute saison : la nature de ses sources lui assurant en effet un débit que l'on peut dire relativement égal, surtout quand on le compare à celui des autres cours d'eau du pays.

E. Aymonier, *Le Cambodge*, t. II, p. 412-413.

TABLE DES MATIÈRES

Tirage Cinq cents exemplaires

Hanoï, le 9 Mars 1924

PRIMERIE MAC-D

LE-VAN-TAN

SUCCESSEUR

ANTHOLOGIE FRANCO-INDOCHINOISE

Morceaux choisis des écrivains français, accompagnés de notes grammaticales et historiques.

II

Albert de POUVOURVILLE.

Paul BONNETAIN.

Paul BOURDE.

(Extrait du *Bulletin de la Société d'Enseignement mutuel du Tonkin*, 1927, n° 1.)

IMPRIMERIE MAC-DINH-TU
LE-VAN-TAN Succ
156, Rue du Coton. — HANOI
— 1927 —

Prix: **0$25**

ANTHOLOGIE FRANCO-INDOCHINOISE

I

Pierre LOTI
Henri MOUHOT
Francis GARNIER
Louis de CARNÉ
Jules BOISSIÈRE

PRIX : 0$20

...Le public annamite qui a le désir de connaître les productions les plus remarquables de la littérature française sur l'Indochine, trouvera dans cette publication la satisfaction de sa légitime curiosité. Aussi doit-on souhaiter un bon succès à l'entreprise et encourager ses auteurs à poursuivre leur tentative. Pour commencer, ils ont fait appel aux maîtres, comme Loti, Garnier, Mouhot, de Carné et Boissière. Ce début est trop prometteur pour que l'expérience en reste là, et qu'elle ne soit pas poursuivie.

FRANCE-INDOCHINE, 19 mars 1927.

...Cette publication, faite sous le patronage de la Société d'Enseignement mutuel du Tonkin, comprend des descriptions de divers monuments ou sites indochinois écrites par Pierre Loti, Mouhot, Francis Garnier, de Carné et Boissière. Nous félicitons les auteurs pour leur intelligente initiative et leur souhaitons le succès qu'elle mérite.

L'INDÉPENDANCE TONKINOISE, 20 mars 1927.

...Nous avons parcouru avec intérêt ce petit ouvrage et nous souhaitons que la jeunesse annamite le lise avec goût pour inviter les auteurs à continuer l'œuvre entreprise qui ne peut être que très utile.

L'AVENIR DU TONKIN, 22 mars 1927.

...Sans prétention, ce recueil groupe dans l'ordre chronologique quelques extraits de Loti, Henri Mouhot, Francis Garnier, Louis de Carné et Jules Boissière, traitant de paysages indochinois : Angkor, le Laos, le Tonkin et même Hanoi. Nous ne saurions trop encourager de telles initiatives destinées à faire aimer nos littérateurs des intellectuels annamites et nous souhaitons qu'un brillant succès incite ces amis des belles-lettres françaises à persévérer dans cet ordre d'idées.

L'INDOCHINE RÉPUBLICAINE, 23 mars 1927.

...L'impression est excellente et le papier de bonne qualité, détail matériel qui a son importance, une très grande importance, car ce qui mérite d'être lu mérite d'être bien imprimé. Les morceaux choisis sont courts et suivis de notes sur la vie de l'auteur ou sur certains points d'histoire ou autres éclaircissements...

L'ÉVEIL ÉCONOMIQUE, 3 avril 1927.

ANTHOLOGIE FRANCO-INDOCHINOISE

Morceaux choisis des écrivains français, accompagnés de notes grammaticales et historiques

III

P.- J. L. DE LA BISSACHÈRE.
Michel Dức CHAIGNEAU.
J. L. DUTREUIL DE RHINS.
Paul NÉIS.

(Honoré d'une souscription du Gouvernement Général de l'Indochine)

IMPRIMERIE MAC DINH-TU
LE-VAN TAN Succr
136, Rue du Coton - HANOI
— 1917

Prix : 0825

ANTHOLOGIE FRANCO-INDOCHINOISE

(Ouvrage adopté par la Commission des publications scolaires du Tonkin)

I

Pierre LOTI.

Henri MOUHOT.

Francis GARNIER.

Louis de CARNÉ.

Jules BOISSIÈRE.

II

Albert de POUVOURVILLE.

Paul BONNETAIN.

Paul BOURDE.

ANTHOLOGIE FRANCO-INDOCHINOISE

Morceaux choisis des écrivains français, accompagnés de notes historiques et biographiques.

V

L. de COINCY.
C. - E. BOUILLEVAUX.
L. DELAPORTE.
Etienne AYMONIER.

(Honoré d'une souscription du Gouvernement général de l'Indochine.)

IMPRIMERIE MAC-DINH-TU
LE-VAN-TAN Suc^r
136, Rue du Coton. — HANOI
— 1928 —

ANTHOLOGIE FRANCO-INDOCHINOISE

I

Pierre LOTI.
Henri MOUHOT.
Francis GARNIER.
Louis de CARNÉ.
Jules BOISSIÈRE.

II

Albert de POUVOURVILLE.
Paul BONNETAIN.
Paul BOURDE.

III

P.-J. L.-L. de LA BISSACHÈRE.
Michel Du'c CHAIGNEAU.
J. L. DUTREUIL DE RHINS.
Paul NEIS.

IV

Alexandre de RHODES
César de BAZANCOURT.
Charles LEMIRE.
L. de GRAMMONT.
Léopold PALLU.

Tirage Cinq cents ex.

Hanoï, le 11 Juillet 1928

Tirage Dix cents exemplaires
Hanoi, le 16 Sept. 1927

IMPRIMERIE MAC-DINH-TU
LE-VAN-TAN
SUCCESSEUR
135, RUE DU COTON-HANOI

Tirage cinq cents exemplaires
Hanoï, le 16 Mai 1927

IMPRIMERIE MAC-DINH-TU
LE-VAN-TAN
SUCCESSEUR
125, RUE DU COTON - HANOI

www.ingramcontent.com/pod-product-compliance
Ingram Content Group UK Ltd.
Pitfield, Milton Keynes, MK11 3LW, UK
UKHW020948180726
13838UKWH00003B/1192

9 782329 211138